La Donna Navajo
Un romanzo Western

Richard G. Hole

Far West

SINOSSI

Avevano raggiunto la strada.

I cavalli lo seguirono. Il sentiero si allargò e sembrò che la gola alla loro sinistra si stesse facendo meno profonda.

Gli alberi lo coprivano in parte.

Il sentiero si allargò ulteriormente, formando una specie di piattaforma, con il muro addossato a una specie di visiera.

E lì, nell'erba, c'era un corpo.

Era disteso per terra, su un fianco.

Indossava una gonna di camoscio con le frange sopra le gambe abbronzate.

Due braccia tornite, dello stesso color nocciola, coprivano il capo.

La Donna Navajo è una storia appartenente alla Far West Collection, una raccolta di romanzi sviluppati nel selvaggio West americano.

LA DONNA NAVAJO

CAPITOLO I

La strada negli ultimi metri è diventata ripida e poco dopo è scomparsa. A destra, una parete rocciosa. A sinistra, una scogliera.

"Sei sicuro di non aver preso la strada sbagliata, Mac?

Mac scosse la testa. Era un uomo sulla quarantina, con i capelli e la barba rossi. Indossava abiti molto logori.

"No, quello che succede è che c'è stata una frana. Devi saltarlo e il percorso continua ulteriormente. argilla...

"Cosa succede?

"L'oro è vicino.

"Bene.

Mac lo guardò da sotto l'orlo del cappello.

«Non sembri molto entusiasta. Beh, la verità è che difficilmente ti ecciti per niente.

Clay non ha risposto. Probabilmente aveva dieci anni meno del suo compagno ed era ben rasato. I capelli neri gli cadevano a picco sulla fronte. Si era tolto il cappello e lasciava che l'aria di montagna gli asciugasse il sudore.

"Va bene, andiamo?

«Sì», disse Clay.

I suoi vestiti, anche se impolverati, sembravano in condizioni migliori di quelli di Mac. Le sue mani erano guantate.

Spronò i cavalli e si precipitarono all'assalto del tumulo. I loro ferri di cavallo scivolarono sulla dura terra, ma alla fine riuscirono a incoronarlo. Dall'alto, la scogliera sembrava terrificante. In lontananza, le nuvole si stavano addensando, bloccando il sole al tramonto.

"Vedi la strada? Laggiù.

"Vedo.

"Renderemo la notte un po' più avanti. C'è una grotta. Ricordo perfettamente, anche se erano passati due anni da quando ero qui, l'ultima volta.

Si rivolse al suo compagno.

"Ascolta, amico. Quando avremo l'oro...

«Parleremo quando avremo l'oro.

"Okay, okay. Volevo solo dirti che ci separeremo in città. Eravamo d'accordo, giusto?

"Se siamo già a questo, perché parlare di più?

Poi all'improvviso Clay diede una pacca sulla spalla del compagno.

"Mac, se non parlo è perché non ho voglia di parlare. Ma non è niente di personale contro di te.

"Lo so. Ma a volte penso che un uomo sia sollevato se gli viene tolto un peso dalle spalle. Ho passato molto tempo da solo e lo so.

"Beh, in quel caso, con un diavolo, stai zitto e seguiamo il sentiero. Ci separeremo o no, lo sanno tutti, ma ti dirò una cosa, Mac: non avrei potuto scegliere un partner migliore.

"Suppongo che dovrei essere molto felice di quelle parole e ballare una giga, ma accidenti, anche se sei la cosa più vicina a un morto, mi sembra che non avrei potuto trovare nemmeno un compagno di viaggio migliore. E qui stiamo parlando di sciocchezze, quando la notte si insinua su di noi.

Avevano raggiunto la strada. I cavalli lo seguirono. Il sentiero si allargò e sembrò che la gola alla loro sinistra si stesse facendo meno profonda. Gli alberi lo coprivano in parte.

Il muro, a destra, formava un promontorio. Mac l'ha piegato per primo. Quando Clay lo raggiunse, sentì il suo compagno esclamare e lo vide in piedi.

"Che diavolo sta succedendo?

"Guarda, Clay" disse l'altro a bassa voce.

Il sentiero si allargò ulteriormente, formando una specie di piattaforma, con il muro addossato a una specie di visiera.

E lì, nell'erba, c'era un corpo.

Era disteso per terra, su un fianco. Clay vide una gonna di camoscio, con le frange sul bordo, alta sopra le gambe abbronzate. Due braccia tornite, dello stesso color nocciola, coprivano il capo.

«Una donna», disse Clay, smontando.

"Deve essere caduto da lassù", rispose Mac.

Erano già vicino al cadavere. Clay lo strinse e apparve un viso, incorniciato da due trecce nere.

"Un indiano," disse Mac, accigliato.

Clay abbassò gli occhi sulle gambe. Poi, con un movimento brusco, posò la mano sul petto della donna.

«È viva», disse dopo un momento. Dai, aiutami.

Prese il cadavere tra le braccia e si alzò. La donna aveva gli occhi chiusi. Era giovane e il suo viso aveva una strana tonalità biancastra.

"Diavolo", disse Mac. Diavolo, penso...

"Taci e aiutami.

Lo mise sul collo del cavallo. Con attenzione, come potrei con una creatura.

"Quanto è lontana quella grotta di cui mi hai parlato?

"Oh diavolo, meno di cinquecento metri.

"C'è acqua lì?

"Sì, a proposito c'è. Clay, quella donna...

"Zitto. Vai.

Conducendo il cavallo per le redini, iniziò a camminare. Mac montò e radunava i muli.

La donna indiana si mosse. Clay le posò una mano sulla spalla nuda. La camicetta di morbida pelle, tinta nei colori, era strappata.

Non parlarono finché non raggiunsero la grotta. Era grande e spazioso; mostrava la sua bocca ornata di giunco.

"Porta acqua e accendi il fuoco.

"Argilla...

"Ho detto fallo, dannazione. Aspetta, accendo il fuoco mentre tu porti l'acqua.

Posò con cura il corpo della donna indiana sulla sabbia asciutta della grotta. Aprì gli occhi e in essi apparve uno sguardo di orrore. Fece per mettersi a sedere.

«Aspetta, ragazzina», disse Clay. Silenzioso. Essere ancora.

Sembrava non sentirlo. Roteò gli occhi e il suo corpo si irrigidì.

Clay la strinse dolcemente, ma con fermezza.

"Tranquillo, dai, piccolino, zitto.

Mac è tornato con l'acqua nelle pelli. Diede loro uno sguardo curioso e versò l'acqua nel bollitore.

«Presto», disse Clay. Veloce. E tu, stai fermo. Mac, sai molto sugli indiani. Sapete da quale tribù potrebbe essere?

La tenne per entrambe le spalle. Aveva chiuso gli occhi e il suo corpo si era rilassato. Sembrava aver perso di nuovo conoscenza.

"Lei è una Navajo. Guarda quelle foto sulla gonna.

"Puoi parlargli nella sua lingua?

"Io posso, se non è morta o...

"Non lo è. Dai, accendiamo il fuoco.

Dieci minuti dopo, l'acqua era quasi bollente. Clay si avvicinò al suo mulo e tirò fuori una bisaccia di cuoio.

"Cosa diavolo hai intenzione di fare? Chiese Mac.

Clay si raddrizzò.

"Mac, hai visto la stessa cosa di me, vero?

"Penso di sì.

"È successo qualcosa a quella donna, e immagino cosa sia.

I suoi denti erano serrati. Il suo viso era pallido.

"Ma tu, cosa diavolo puoi fare?

Clay aveva aperto la bisaccia. Da esso tirò fuori un portafoglio.

Mac si chinò su di lui.

"Ma quello... è tuo?

"È mio. Metti un po' d'acqua in una pentola pulita.

"Ma...

Clay lo fronteggiò.

"Non mi hai capito? Dovrò fare tutto io?

«No, Clay, diavolo. Mi piace poco quanto te, ma ti aiuterò.

Clay tornò dalla giovane donna. Il sole era tramontato dietro una densa massa di nuvole.

"Ci sarà presto una tempesta", ha detto Mac.

«Ho intenzione di guarirla», disse Clay.

Mac distolse lo sguardo.

"Dannazione" disse. Maledizione. Ho visto molte cose, ma "quello" ha sempre...

"Hai visto anche delle donne violentate? chiese Clay in tono asciutto.

Le sue mani manovravano abilmente e in sicurezza.

«Sta tornando, Mac. Tienigli le braccia.

La donna indiana aprì la bocca, ma dalle sue labbra non uscì alcun suono. Tuttavia, tutta la sua faccia scioccata era quella di una persona che "sta urlando".

"Con un diavolo...

Mac le tenne le braccia. Il corpo si contorceva.

Parlagli sulla lingua o colpiscilo sulla mascella.

Mac iniziò a parlare. La donna indiana girò il viso verso di lui, la sua espressione strana. Mac continuò a parlarle lentamente, tenendole le braccia. Poi improvvisamente smise di resistere, ma la sua bocca rimase aperta.

Argilla finita. Prese una coperta e la stese sul corpo della ragazza. Poi frugò nella valigia e si rivolse a Mac.

Digli che gli darò la medicina. Questo porterà via il dolore.

Mac ha parlato. Sembrava ascoltarlo. Scosse la testa e aprì la bocca. Poi Clay ne versò alcune gocce sulla lingua. Prese la testa tra le mani e le esaminò la nuca. Ero lì. Una ferita con sangue secco. Lo lavò e lo esaminò.

"Non sembra male", ha detto. Questo è ciò che gli ha fatto perdere conoscenza.

"Mi piacerebbe," disse Mac, lentamente, masticando le parole, "prendere il furfante che ha fatto questo e chiacchierare con lui per mezz'ora. Chiacchierare e fargli alcune cose che so anche io.

Clay era in piedi. Si lavò le mani nell'acqua calda. Si rivolse al suo compagno.

"E mi piacerebbe testimoniarlo", ha detto.

La donna indiana aveva chiuso gli occhi. Sembrava dormire.

"Cosa gli hai dato?

"Oppio.

Mac tirò fuori il sacchetto di gomma dove teneva il tabacco. Cominciò a rollarsi una sigaretta con mani tremanti.

«Clay, tu... tutti quegli strumenti... e tu hai l'oppio. Il tuo...

«Lo sono, Mac, non preoccuparti. Sono un medico.

"Sì, lo sei, diavolo. Sei. Basta vedere cosa hai fatto per quella povera creatura.

Clay aveva voltato le spalle a Mac.

"Penso che dovremmo preparare la cena", disse.

"Quello che non capisco è che...

"Stai zitto, vuoi?

"Sì.

Mac ha iniziato a preparare la cena. Osservò Clay posare la mano sulla fronte della donna indiana e poi sentirle il polso.

"È molto male?

"Ha una leggera febbre. Mac, qual è la città più vicina?

"Ultimo, e non è vicino. Sono cinquanta miglia.

"Devi portarlo da qualche parte. Se peggiora, non potrei fare molto qui.

«C'è la posta di Dulles. Venti miglia giù per quella collina. Sulla strada.

"Mac.

"Sì?

"Ti dispiacerebbe...?

«Diavolo no, Clay. Dovrebbe essere fatto. L'oro può aspettare. Non lo porteranno via.

"Sei un bravo ragazzo, Mac.

"Vai all'inferno. Chi potrebbe essere stato... il maiale maledetto che gli ha fatto questo?

"Un indiano?

«Può essere, Clay. Ci sono indiani e bianchi che meritano di essere impiccati.

"Mac, ti ha capito.

"Sembra di sì, ma non ha risposto. Forse parla un altro dialetto, ma quelle foto sono Navajo.

«Non è quello, Mac. Non te ne sei accorto? È muto.

Dannazione, Clay.

"Non posso parlare. Probabilmente non l'ha mai fatto. Voleva urlare, ma non può. Ma non è sorda. Si è calmato quando gli hai parlato.

"Le ho detto che l'avresti curata e che non le avremmo fatto nulla di male. Gliel'ho ripetuto.

"Sì.

C'era un silenzio.

Dalla padella si levava l'odore pungente del bacon fritto.

"Ceniamo. Metto io il caffè.

"Sì dai.

* * *

La mattina dopo, il sole non era visibile, nascosto dietro le nuvole. In lontananza risuonò il tuono.

Clay si avvicinò alla donna indiana. Questa aveva gli occhi aperti. Le ha preso il polso.

Sul suo volto apparve un'espressione di sollievo.

"Niente febbre, Mac.

Mac gli porse una lattina di caffè.

"Dille che la guarirò di nuovo. Rassicurala se puoi.

I suoi occhi erano spalancati. Si è mosso appena.

"Allora, cosa possiamo fare ora? È meglio?

"Sembra. Mac, resta con lei per un po'. Torno dove è successo. Forse c'è qualcosa lì.

Gli ci volle non più di un'ora per tornare.

"Non ho trovato niente. Forse tu...

"Lo guarderò. Ma...

Una grossa goccia gli cadde sulla mano. Poi un altro. Di Più. Entrarono nella grotta.

«Questo cancellerà tutte le tracce, Clay. Penso che sarebbe inutile. Sarei dovuto andare.

"Beh, il danno è fatto.

Ha piovuto tutta la mattina. E a mezzogiorno il tempo era ancora grigio e freddo.

Mangiarono e diedero da mangiare alla donna indiana. Continuava a guardarli, ma non c'era più paura nei suoi occhi. Fu allora che Clay disse:

"Mac, provalo.

"Che cosa?

«Deve esserci un modo per dirci chi era.

Ma, Clay, non può parlare.

"Lo so.

Si accigliò.

"Siamo dei fottuti stronzi, vero, Mac?

"Non so nemmeno di cosa stai parlando.

"Ecco, ragazzi, finché c'è dell'oro in giro, eh? Aspettando che arriviamo a prenderlo. E noi, qui, accanto a quel selvaggio.

Mac si alzò.

"Clay, se ci fosse il sole ti direi che ne hai bevuto troppo. Che diavolo stai dicendo?

"Dico che siamo dei fottuti idioti.

"E io dico... Maledetto bastardo, se è questo che pensi!...

Argilla sorrise.

"Volevo solo metterti alla prova, Mac. Sotto quelle barbe e sotto quella camicia sporca c'è un uomo.

Mac è caduto di nuovo.

"Come, Clay? Come possiamo farlo?

"Non lo so...

Si accigliò.

"Mac, gli indiani dipingono. E tutti i suoi quadri hanno un significato. Acqua, terra, cielo, distanze... I suoi disegni sono ideografici.

"Non lo capisco per ultimo, ma dipingono.

«Può farcela, Mac. Può essere.

Mac si arrotolò una sigaretta.

"Ci proverò.

Si chinò sull'indiano e cominciò a parlarle. Lentamente, a monosillabi. Lo guardò con gli occhi, circondata da lunghe ciglia nere. Sotto la fronte liscia, quali pensieri potrebbero srotolarsi? Clay la stava fissando. Era stata in grado di vedere il corpo perfetto nascosto nella gonna e nella camicetta di camoscio. Le donne indiane di solito non sono belle, ma questo era un buon esempio della loro razza.

Poi all'improvviso prese una mano dal sudario. Con un dito rigido, indicò il fuoco. Poi agitò la mano in aria.

"Mac, dagli un marchio", disse Clay. Forse è quello che vuoi.

Mac ha mostrato all'India un marchio noioso. Gli tese la mano.

Lo prese per la parte non bruciata. Clay si alzò, prese una pietra levigata e la posò accanto alla ragazza.

La mano cadde. Si sedette leggermente, poi con dita agili tracciò delle linee.

La testa cadde di nuovo. Gli occhi scuri li guardavano alternativamente.

Clay si chinò sulla pietra. Una striscia verticale e un semicerchio in basso, con l'apertura rivolta verso il basso.

"Non capisco.

"Nemmeno io.

Parlò di nuovo con la donna indiana. Lentamente, seriamente.

La mano raccolse il marchio e disegnò di nuovo.

«Un cavallo o un mulo», disse Clay.

E il segno si è ripetuto. Questa volta, posto sul coscia dell'animale.

I due uomini si fissarono. Per quasi un minuto nessuno dei due parlò.

"Un ferro da stiro" disse Mac. Un ferro da bestiame.

"Sì.

"Quando vedremo uno di quei ferri sapremo...

Lui scosse la testa.

"No, non lo sapremo. Si mette un ferro su tutti gli animali di un bestiame. Cavalli e bovini. Sapremo solo che qualcuno che lo indossa è stato colui che ...

Ricominciò a piovere. La donna indiana aveva chiuso gli occhi.

* * *

Due giorni dopo iniziarono la discesa. La donna indiana era seduta a cavalcioni di uno dei muli. Il suo viso aveva perso lo strano colore.

CAPITOLO II

La posta.

Un quadrilatero con un recinto di mattoni e una casa nel mezzo. Accanto alla casa, le stalle.

Un pedone si avvicinò a loro e tenne le redini. Un messicano. I suoi occhi guardarono l'indiano per un momento.

"Fai sapere a Sally.

Una donna e due uomini alla porta. La donna era alta, bionda, sulla trentina. I suoi capelli erano raccolti in una grossa treccia. Camicia e pantaloni da uomo con polsini bianchi.

Clay era già vicino alla pompa del pozzo. Quando l'acqua cominciò a sgorgare, mise la testa sotto.

"Ciao, Sally" disse Mac.

Ciao, carota.

Un ampio sorriso incurvò le labbra della donna.

"È da tanto che non ci vediamo, maledetta rossa.

Mac scese e allargò le braccia. Sembrava spaventata.

"Diavolo no, devi puzzare di capra! Non toccarmi prima di aver fatto un bel bagno.

Ma lei si avvicinò a lui e gli strinse la mano.

Poi guardò Clay.

"Amico? Collega?

"Entrambi" disse Clay "Mi chiamo Bester.

"Gli piace l'acqua?

"Mi piace.

"Dai, Carota, verrai stanca. Entra e... che diavolo ci porti?

«Una donna indiana malata», disse Clay.

"Malata? Mac, quella donna indiana è una Navajo.

"È.

"Dove lo hai trovato?

Clay aveva fatto due passi avanti.

«È malata, signora. Qualche inconveniente? Voglio dire, la riportiamo indietro?

Il sorriso scomparve dal volto della donna.

"Carota" disse, "da dove l'hai presa?

«Ascolta, Sally, è una cosa seria.

«E la ragazza è là al sole», disse Clay seccamente. Voglio solo sapere se dobbiamo prenderla.

"Carota," disse, come se non l'avesse sentito. Dì alla tua amica che Sally Dulles non lascia un cane sulla soglia di casa.

"Ascolta, Sally...

«Non ha bisogno di intermediari, signora Dulles», disse Clay. Possiamo passare la ragazza, giusto?

"Fallo.

Clay raccolse la donna indiana e la portò dentro. Era fresco e aveva un buon profumo. Cuoio, corda e cibo ben cotto.

Un enorme camino di fronte. Un enorme tavolo e sedie. Raccordi appesi ai chiodi sulle pareti. E la testa di un puma che li guardava con le fauci aperte, le zanne tirate.

«Bill, vai di sopra con loro e mostra loro la stanza sette. Lascia che l'India sia lasciata lì. A proposito, Carota, maledetto gambusino, che malattia ha? Spero non sia contagioso.

"Spero lo stesso" disse Clay, senza sorridere. Ma fortunatamente non credo. Qualcuno l'ha violentata e lasciata su una strada di montagna.

La donna girò lentamente la testa verso di lui.

"Stai parlando in...?

"Lo sono. Completamente seria, signora Dulles. L'hanno fatto.

Fece un respiro profondo.

"Salgo con te, Billy" disse.

Clay si lasciò cadere su una sedia.

"Mac, passami quella busta di tabacco," disse.

Si arrotolò una sigaretta e l'accese.

"Clay, Sally è una grande donna. Non avresti dovuto parlargli così.

"Ci sono quelli che non ammetterebbero un indiano nella loro casa anche se lo vedessero morire, Mac.

"Lei non.

Clay si alzò in piedi. Salì i consunti gradini di legno fino al piano superiore e percorse il corridoio. Quando arrivò alla stanza sette, vi entrò.

"Fuori! "Disse Sally." Io...

«Non si preoccupi, signora Dulles. Sono stato io quello che si è preso cura di lei, non quello che l'ha violentata. Ora sta molto meglio, ma non abbastanza bene.

"Chi era ...?

"Non sappiamo.

«Be', vattene comunque. Possono mangiare qualcosa al piano di sotto. Io stesso dirò che lo preparano.

"Grazie.

Toccò la testa della donna indiana. Gli prese la mano e se la portò alla guancia.

«È muta», disse Clay.

Aspetta di sotto.

Quando scese, Mac e Clay stavano mangiando davanti a un piatto di stufato.

"Carota, diavolo, sempre nei guai.

Si lasciò cadere su una sedia.

"Maiali" ha detto.

«Diavolo, Sally, spero che non lo dirai per noi.

"Lo dico per gli uomini in generale e in particolare per quelli che lo hanno fatto.

I suoi occhi erano blu. Il suo viso, liscio; le sue mani forti e pulite.

"Sally" disse Mac. Il mio amico è un medico. Si è preso cura di lei.

"Stai zitto, vuoi?

La voce di Clay era secca, tagliente.

Sally si voltò verso di lui.

"Dottore? E cosa fa...?

Si è fermato. Fece un gesto con la bocca.

"Continua a mangiare, dottore.

"Mi chiamo Argilla.

"Continua a mangiare, Clay. Ti piace?

"È eccellente. Te stesso?

"No, cinese mio. Ma gliel'ho insegnato. Carota, quella che l'ha fatto con una ragazza così è una...

Dillo.

"Puoi mettere il suo cognome. Mac, cosa stavi facendo lassù?

«Come sempre, Sally. Alla ricerca dell'oro.

"Gambusino a morte, eh? Perché non ti senti la testa per una volta?

"Per esempio, potrei sposarti, eh, Sally?

"Quando ti lavi ogni giorno, ne parleremo. Ora il palco di Last sta arrivando. avrò un lavoro. Parleremo in seguito. Ehi, dottore...

"Argilla, Sally.

«Clay, hanno il bar accanto. Possono bere qualche drink dopo aver mangiato.

"Grazie. Lo faremo.

Si alzò. In lontananza si udì il muggito del clacson della diligenza.

Sally è uscita. Clay finì e se ne andò.

Entrarono due donne e due uomini. Un cinese uscì dalla cucina e cominciò a mettere i piatti in tavola.

La diligenza era nel cortile, mentre gli operai cominciavano ad allentare i finimenti per cambiare tiro.

Il bar era vicino alla casa, in un capannone. Mac lo condusse da lui.

"Grande Sally" disse. Lo gestisce da cinque anni. E, diamine, lo fa bene. Da quando suo padre è morto.

"L'ho già visto. Fatti un bagno e chiedigli di sposarti.

"Sei pazzo? Non sono nemmeno bravo a leccargli gli stivali.

"Nessun uomo dovrebbe essere adatto a questo, anche se alcuni lo fanno.

Entrarono nel bar. C'erano già cinque o sei uomini a bordo. Dietro il bancone, un messicano ha chiesto loro cosa stessero bevendo.

Due degli uomini erano evidentemente il postiglione e il guardiano. Aveva lasciato il fucile sul bancone.

Risuonò un triangolo e la voce di Sally annunciò che il cibo era pronto. Il postiglione e il suo compagno si precipitarono fuori.

Bevvero il whisky, lentamente Clay, velocemente Mac. Ne ha ordinato un altro.

Sally entrò, rimboccandosi le maniche della camicia.

"Dio, che caldo.

"Un bicchiere? Chiese Mac.

"Non posso bere con tutti. Finirei per non trovare le porte.

Non stava guardando Mac, ma Clay.

"Ascolta, Clay. Non c'è alcun indizio, niente che ti faccia pensare a chi potrebbe averlo fatto?

"C'è qualcosa, Sally" disse Mac.

"Che cosa?

Fu Clay a rispondere. Intinse il dito nel whisky e lo spostò sul bancone di legno.

"Questo. Un ferro da stiro.

I tre uomini rimasti nel bar si erano avvicinati.

"Un ferro da stiro? A) Sì? chiese Sally.

"Sì.

"Come fanno a saperlo?

"La ragazza indiana l'ha disegnato così.

"Beh, non ne conosco nessuno come loro. E penso di conoscerli tutti.

"Tutti?

"Quelli della regione, sì. Nessuno di loro è lo stesso, però...

Clay la stava guardando dritto negli occhi. La giovane donna si acciglió.

"C'è qualcosa di simile, ma...

Callo. Clay attese qualche istante.

"Un altro drink? Ha chiesto.

"Stavi per dire qualcosa.

"Sally, se ne conosci qualcuno..." disse Mac.

"Nessuna.

"Tuttavia, Sally...

"Nessuno. Un altro drink?

"Grazie" disse Clay.

Voltò le spalle al bancone, con aria disinvolta. I tre uomini che si erano avvicinati si stavano separando di nuovo, ciascuno rivolgendosi al proprio bicchiere.

"Non lo vuoi? chiese Sally.

"No. Non voglio di più.

Tutti e tre gli uomini stavano bevendo. Uno di loro mise due monete sul bancone e si diresse alla porta.

"Addio, Sally.

Gli altri due lo seguirono. Sally, Clay e Mac furono lasciati soli.

"Sally," disse Mac.

"Non vedi che non vuole parlare? chiese Clay. Non chiederglielo.

"Giusto" disse Sally all'improvviso. Prese un bicchiere, lo riempì di whisky e lo tracannò in un sorso.

"Ci prenderemo cura della ragazza, ragazzi. Ma di certo è meglio che la porti via di qui presto. Questo...

"Ti dà fastidio che io sia qui? "Ha detto argilla." Posso pagare il tuo soggiorno.

"Non mi dà fastidio, e non addebito quando aiuto qualcuno che ne ha bisogno. Ma qui non è giusto. Non ci sono condizioni. D'altro canto...

"Che cosa?

"Qualcuno dovrebbe restituirla ai suoi fratelli di razza.

"Noi, per esempio, no?

La voce di Clay era secca, tagliente. Non una parola in più del necessario.

"L'avete portata voi, ragazzi.

"E qualcuno... l'ha maltrattata, ragazza.

Sally chiuse la bocca. Poi all'improvviso si rivolse alla rossa:

"Mac. Sei già stato qui.

"Sì. Beh, Sally, che succede?

"Ci sono cose che è meglio non toccare.

"Sally, non ti capisco... o non ti spieghi.

"Non posso più parlare.

Clay aveva dato le spalle al bancone per tutto il tempo, dato che erano soli. Ora si rivolse improvvisamente a Mac.

"Non ti sei accorto che se non parla è perché ha paura? E vuoi che ti dica cosa l'ha spaventata?

"Solo" disse la rossa. Penso quasi di non averne bisogno.

«In tal caso, per l'amor di Dio, lasciala. Lascia che mangi la sua lingua. E che buon profitto fai.

"Tu..." disse Sally.

"Sì, ragazza?

"Non sai nemmeno di cosa stai parlando.

"E tu lo sai?

"Mac può dirti che...

«Mac mi dirà cosa vuole, ma quando saremo soli. E non preoccuparti. Porteremo quella ragazza fuori di qui e la porteremo via. Ma puoi star certo che se mai dovessimo imbatterci in quel figlio di puttana che ha fatto il lavoro sporco, non vorrà ripeterlo. Chiunque sia.

Si voltò e affrontò la donna. Il suo viso era diventato rosso.

"Non permetto a nessuno di parlarmi così.

"No? Beh, lo sto facendo. Deve solo dirci di portare quella sporca donna indiana fuori da casa sua, nient'altro che dirlo con tutte le parole. Bene, allora lo faremo.

La mano della donna si sollevò in aria e schiaffeggiò il viso di Clay.

Le prese il polso e lo strinse.

"Lasciami andare!

Clay, le labbra contratte, il viso quasi bianco, continuava a stringere. Poi, a poco a poco, abbassò la mano di Sally. Piegò le ginocchia e fece una smorfia.

Clay la lasciò andare.

"Non farlo di nuovo, ragazza.

Si appoggiò al bancone.

«Qualsiasi uomo lo ucciderebbe per questo, Clay.

"È possibile. E qualsiasi donna si vergognerebbe di non aiutare un'altra a cui è successa una cosa del genere. Andiamo, Mac. Fa schifo.

Andò alla porta. La faccia di Mac era rossa.

«Ascolta, Clay, non puoi fare una cosa del genere.

«Ce l'ho fatta, Mac. Ma se non ti piace... ti dico una cosa: ho voluto picchiare una donna per la prima volta in vita mia. E li ho sopportati. È abbastanza per te?

Era arrivato alla porta.

"Vado per la ragazza" disse. Vieni con me se vuoi, Mac. In caso contrario, me ne vado da solo.

Andò alla posta. Quando entrò nella stanza, il tavolo era occupato dai viaggiatori della diligenza, che lo guardarono.

Raggiunse la scala e cominciò a salirla. Sentendo il peso degli sguardi sulla schiena. Aprì la porta della stanza sette.

La donna indiana dormiva tranquilla, i capelli neri sul cuscino. La fissò e il suo viso teso si addolcì. Così, addormentata, sembrava una bambina.

Sentì dei passi e si voltò. Sally e Mac stavano arrivando.

«Aspetterò che si svegli», disse Clay. Diavolo, ne aveva bisogno.

"Clay, ti sbagli" disse Mac.

"Pensi? A te?

"Riguardo a entrambi, diavolo. Sally non è una di quelle. Lo so.

«Perché non la lasci parlare da sola, Mac? Ha una bocca ed è maggiorenne.

Sally chiuse la porta dietro di sé.

"Mac, diglielo. Digli quello che ti ho detto.

"Clay" deglutì la rossa", lascia che ti dica una cosa.

"Beh, dillo, con un diavolo.

"Clay, ti ricordi i tre uomini al bar?

"Li ho visti come te.

"Non sai chi erano.

"No, e non me ne frega un...

"Clay, aspetta. Sono gli uomini di Lot Amazee.

Clay lo stava guardando.

"Parla piano. La ragazza ha bisogno di dormire.

"Non sai chi è Amazee. LA, la chiamano. E fa quello che vuole.

"Cosa diavolo ha a che fare con me e te?

"Dice cosa bisogna fare. E i suoi uomini fanno in modo che sia così.

«Sono ancora cieco, Mac.

"Lasciami, Mac.

Sally fece due passi avanti.

"Ascolta, amico. Non esiste un ferro come quello che dici che ha disegnato l'indiano. Ma ce n'è uno molto simile. Una croce su un cerchio.

Clay la fissò.

"Un ferro può essere cancellato nel tempo, o una persona può interpretarlo male. Ma è quasi certo che ciò che la ragazza ha visto non può essere altro che quello di Amazee.

Clay fece un respiro profondo.

«Be', in quel caso, uno degli uomini di quella Amazee era quello che faceva il lavoro sporco.

Mac guardò Sally. Deglutì.

"Non l'hai ancora capito. Ci sono molti ragazzi nel ranch di Amazee che sono abbastanza capaci di farlo.

"In quel caso, avrebbero potuto essere diversi. Non c'è altra differenza che la quantità tra un allevamento di suini e un singolo maiale.

«C'è. Lasciami parlare. Ce ne sono diversi, sì, ma ce n'è uno, soprattutto, quello..., che lo farebbe senza esitazione. Perché si sa che l'ha fatto altre volte.

"Non capisci, Clay? È il figlio di Amazee, Tob Amazee.

"Quando le donne che hanno figlie piccole sanno che Tobias Amazee è vicino, le nascondono nella grotta", ha detto Sally. Cioè se arrivano in tempo prima che Tob li abbia visti.

Argilla ha detto:

Dammi del tabacco, Mac.

Mac gli porse la borsa e gli porse il foglio. Clay lo arrotolò lentamente.

Ha preso il primo succhio.

"Così, così facilmente?

Sally aveva le mani nelle tasche dei pantaloni.

"Oh, a volte non è facile. Le ragazze hanno genitori e fratelli. Ma poi Tob sa anche come fare le cose.

"Non puoi fermare i suoi piedi?

"Provano. Ci sono diverse croci in un cimitero a dimostrarlo.

"Capisci. E nessuno ha cercato così tanto di ucciderlo.

"Non è facile uccidere Tob Amazee. No, quando gli uomini di suo padre lo circondano.

"E suo padre non lo ferma?

Sally sorrise forte.

"Lui non ci entra. Alleva semplicemente bestiame. Il resto non gli interessa. C'è chi dice di averlo rimproverato una volta: «Ragazzo, meno slancio. Siamo stati tutti giovani, ma non esagerare. Ma se qualcuno "oh, qualcuno ci ha provato una volta" vuole "davvero" metterglielo intorno alla vita, il vecchio Lot mostra i denti. «Chi tocca il cuccciolo, prenda prima le misure. Non sarà che la scatola è piccola a lui ». Questo è Lot Amazee e questo è suo figlio Tob. E questa è la storia.

Clay era arrivato a metà della sigaretta. Lo gettò in un angolo.

«E quei ragazzi erano del ranch di Lot.

"Lo sono. E se avessi parlato della croce e del cerchio, davanti a loro...

«Cosa gli sarebbe successo, Sally?

"Non lo so. Non voglio pensarci.

Clay la guardò. Era uno sguardo verticale, su e giù, dai capelli biondi agli stivali.

«Dove ti nascondi quando arriva Tob Amazee, Sally?

Un colore rosa che iniziava dalla scollatura rivelata dalla camicia, si faceva strada fino alla fronte della donna. Sembrava che la luce del tramonto fosse entrata dalla finestra.

"Argilla," disse Mac.

"Non mi permetti mai di rispondere 'lei'?

"Sì, Mac, hai ragione. Fammi rispondere. Non mi nascondo da nessuna parte, Clay. Non voglio più parlare di me. Non piu.

Le ultime parole erano state pronunciate a denti stretti, uscendo come un sibilo.

E "aggiunse dopo un momento," ora sai quasi tutto.

"Quasi sì.

"E sai perché quella ragazza non può continuare qui.

"Tob Amazee si è mai preoccupato delle prove dei suoi farabutti?

"Per quanto ne so, sì.

"Cosa dice lo sceriffo?

«Sì, a tutto ciò che vuole Lot. No, a quello che Lot non vuole. È allora che c'è uno sceriffo. Non c'è sempre.

Si rivolse a Mac.

«Carota, digli cosa è successo a Lowrie Bliss. Tu eri qui. Io ricordo. Avevi perso un mulo e ne cercavi un altro.

"Certo, Sally. Lowrie è andato a cercare Tob al ranch. Tob aveva ucciso un ragazzo...

"Busty C. È stato ucciso in un duello legale. Così legale che due degli uomini di Tob tenevano Busty mentre Tob gli metteva cinque proiettili nel corpo. Tutto completamente "legale".

"Cinque proiettili? Perché non alle sei, se è quello che faremo?

"Aspetta un po'. Lowrie è andato a cercarlo. C'erano stati due testimoni, che gli avevano raccontato esattamente come erano andate le cose. Ha parlato con il vecchio Lot Amazee, e si è rifiutato di crederci. Suo figlio non poteva aver fatto una cosa simile. Lo ha chiamato...

Fece una pausa. Il suo petto si sollevò. C'era uno sguardo strano nei suoi occhi.

Lowrie era un bravo sceriffo. Giovane e forte. Sapeva maneggiare i revolver ed era stato nominato dal consiglio dei commercianti di Last, contro il parere del sindaco...

Clay strinse gli occhi.

"Conoscevi Lowrie?

Lei chiuse la bocca. Lentamente, si portò la mano alla gola.

"Lo conoscevo. Questo è sufficiente. Quando Lowrie ha detto di avere le prove, Lot Amazee ha chiamato suo figlio. Tob rise. "Presentali", disse.

"Chi te l'ha detto, Sally?

"Già abbastanza, Clay," disse piano Mac. Già abbastanza. Non ti basta quello che sta dicendo?

"Vuole sapere. Perchè no? Lowrie non è stato in grado di presentare le prove. Quando stava per farlo, qualcuno lo ha ucciso. Alcuni ladri di bestiame, si disse, e tutti dovevano crederci. Ma Tob... Tob... ha detto di essere stato ucciso da un sesto proiettile. Ha detto che era ubriaco una sera al bar.

Fece una pausa.

E poi, senza alcuna intonazione, come se la recitasse:

Il sesto proiettile gli ha attraversato il cuore da dietro. E lì Lowrie finì. C'è una croce nell'ultimo cimitero. Ed è tutto ciò che è rimasto di lui.

Clay fece un respiro profondo. Poi all'improvviso allungò la mano. "Sally, ti ho fatto male prima? Se è così, mi dispiace.

CAPITOLO III

Una lanterna a olio illuminava la porta della posta. Fuori le mura, il prato si estendeva fino all'orizzonte, punteggiato di salvia.

Sally uscì dalla porta e guardò il cielo.

"Ci sarà presto una tempesta", ha detto.

Mac accanto a lei fece un respiro profondo.

"Non mi piace", ha detto.

"Che cosa?

"Non lo so.

Emise un sibilo acuto, portando due dita alla bocca. Un pedone apparve al cancello delle stalle.

"Sì signora!

"Sono pronti gli ultimi colpi?

"Sì signora.

"Vai a dormire.

Mac tirò fuori la busta di tabacco e cominciò ad arrotolare la sigaretta.

"Hai visto?

"Al dottore?

"Non gli piace essere chiamato così. Semplicemente non gli piace.

"Come lo hai conosciuto?

"A Tucson. Stava bevendo, io stavo bevendo, e abbiamo finito per bere insieme. Quando ci siamo svegliati la mattina, mi ha detto che alcuni uomini sapevano che l'oro, oltre al giallo, cresce in certi posti. Così ha detto e ho capito che aveva bevuto troppo e che aveva detto qualcosa.

"Qualcosa che?

"Questo è quello che mi sono chiesto. Allora gli ho detto che...

"Che sapevi dove c'era l'oro.

"Diavolo sì. Ma non sembrava interessato. Quando ci siamo salutati, un ragazzo si è intromesso. Anche lui aveva sentito qualcosa.

Sai, Sally, a volte un uomo deve mollare i freni. Passi anni a cercare metal, da solo, in montagna, nelle valli, e all'improvviso senti il bisogno di parlare. Quel ragazzo si è messo in mezzo e ha detto che potevamo andare alle feste. Mi sono rifiutato anche di ascoltarlo. E poi era armato. Quell'uomo ero con due amici e tutti e tre mi hanno messo alle strette. Volevano farmi bere per sciogliermi la lingua. Ne ho preso a pugni uno e mi sono caduti addosso. E poi mi ha aiutato. I dettagli non contano, Sally. Il fatto è che due di loro sono rimasti feriti.

Fece una pausa.

"Beh, Sally, e da allora siamo stati insieme.

"È vero che è un medico?

"Sally, ti ho visto guarire quella ragazza indiana e te l'ho chiesto. Me l'ha confessato. Ma non vuole che si parli.

"Perché?

"Non lo so nemmeno. Né cosa fa un dottore che cerca l'oro con me, qui, in questi luoghi. Non lo so, Sally, è così. E non ne vuole parlare.

Annusò l'aria e scosse la testa.

"Non mi piace" ha ripetuto.

"Cosa non ti piace, Mac?

"Non lo so, Sally. Ma c'è qualcosa che non mi piace. Sono un vecchio cane in campagna, e c'è qualcosa di stasera che non mi piace molto.

"Si sta facendo fresco" ha detto la donna. È meglio che entriamo. Domani alle sette arriva la diligenza da Thule e bisogna essere pronti.

Raggiunse la soglia della porta e stava per entrare in casa quando Mac la fermò.

"Non te ne accorgi? "chiedo.

"Non noto niente.

«Accidenti, forse sto invecchiando, Sally. Bene, entriamo.

Si voltò e poi Sally vide.

All'inizio pensò che fosse un'illusione ottica. Gli era sembrato che qualcosa si fosse mosso nel grande cortile della postazione.

Si fermò, e consapevole che al buio non si doveva fissare, ma da un lato dell'obiettivo, distolse lo sguardo. E allora non c'era più il minimo dubbio.

Qualcosa si stava muovendo nel cortile. E non era solo una cosa, ma probabilmente due.

"Mac," disse piano.

"Che cosa succede?

"Avevi ragione. Hai la pistola lì?

«A proposito, Sally, ma... diavolo, credo...

Le due figure erano emerse al suo fianco come una condensa dall'ombra.

Sally sentì una mano brutale coprirle la bocca, mentre un'altra l'afferrava per il braccio, la faceva girare e la trascinava in casa.

Tutto questo in due secondi. Sentì il sussulto di Mac, e poteva ancora vedere che non erano più due ombre, ma quattro o cinque, che si precipitavano verso l'uomo.

E poi è inciampato ed è caduto a terra. Un piede gli arrivò alla gola.

La porta si chiude improvvisamente.

Il fuoco nel camino gli permise di guardare, anche se aveva battuto la schiena.

C'erano non meno di cinque uomini alti e seminudi nella grande sala della posta. Portavano in mano asce e fucili, e le fiamme del fuoco danzavano sui loro visi rossi.

indiani.

Indiani alla posta, indiani dipinti e armati. Sally chiuse gli occhi.

Mac era trattenuto da tre indiani, mentre altri due si avviavano in quasi completo silenzio verso le scale. Questo sembrava un incubo.

Sentì Mac farfugliare qualcosa e uno degli indiani gli rispose.

E in quel momento, i due indiani che cominciavano a salire verso il piano superiore, si fermarono. Qualcuno era apparso in cima alle scale.

La mano sulla bocca aveva un odore terribile e Sally vomitò. Nonostante ciò, poteva vedere che quello che era salito era Clay. E aveva qualcosa tra le mani.

Poi l'hanno rilasciata e lei si è inginocchiata. Il peso che aveva portato sul suo corpo scomparve.

Le fiamme hanno preso fuoco su un ceppo mezzo consumato e la scena è stata meglio illuminata.

Accanto a lei c'era un viso scuro e una mano che sollevava un'ascia. Capì che doveva restare ferma e lo fece, ma roteò gli occhi verso le scale.

"Argilla," disse la voce di Mac.

«Il primo che si muove lo uccido», disse Clay. Diglielo, Mac, se puoi.

Aveva parlato con voce calma ma tesa.

Sally vide il fucile nelle mani di Clay fare una curva lenta, coprendo un gruppo di indiani. Mac stava parlando con voce rotta, e uno degli indiani gli stava rispondendo.

"Non vogliono ucciderci, Clay," disse Mac, dirigendosi verso la scala.

"Vogliono solo la ragazza.

"Allora? Digli di liberarti.

I due indiani che tenevano Mac lo liberarono, ma uno di loro aveva in mano la rivoltella del gambusino.

"Lo vedi? Non sparare, Clay.

«Non lo farò se non cercheranno di prenderti di nuovo. Di' a quel tipo di allontanarsi da Sally, di incontrarsi con gli altri.

Sally si alzò in piedi e si diresse verso le scale.

E per un attimo regnò il silenzio nella grande sala.

Fu Mac a parlare per primo:

«Sono della tribù delle ragazze, Clay. Sono venuti qui a cercarlo.

Digli che è malata. Non possono prenderla ora.

"Daglielo," intervenne Sally, ancora ansimante.

«A meno che non la vedano.

Mac si rivolse a uno degli indiani, un uomo alto che sembrava essere più anziano degli altri. Per un momento parlò loro con voce rotta. L'indiano emise alcuni suoni e poi rispose:

"Dice di essere suo padre. Hanno seguito le nostre tracce qui. Che dobbiamo restituirglielo.

Clay ha preso una decisione. Sempre col fucile in mano, diceva:

«Dille di venire a trovarla. Sono dipinti per la guerra, Mac?

«No, almeno non credo. Non sono i colori della guerra, a quanto ho capito.

"Sali. E anche tu. No, Mac, stai lì con loro, ma al minimo segno di pericolo, urla.

«Non credo che ci sia, Clay.

L'indiano salì la scala e superò Clay. Lo seguì, appoggiandosi il fucile sui reni. Infine, Sally.

La donna indiana si era svegliata. Vedendo il suo connazionale i suoi occhi si spalancarono.

L'indiano le si avvicinò. Poi le mise una mano sulla testa.

Si rivolse a Clay.

"Malato...? Medicina?

Clay annuì.

"Parla inglese?

"Medicinale?

"Sì. Io, medicina.

La ragazza iniziò ad agitare le mani in aria. L'indiano la guardava con attenzione. Quando si voltò verso Clay, sembrava impassibile. Poi ha detto poche parole.

"Questo dovrebbe essere Mac", disse Clay. Quei due stanno parlando. Si capiscono.

"Posso capire che.

La donna indiana continuava ad agitare le mani con gesti rapidi. Indicò Clay e Sally.

Poi alla fine l'indiano disse hough e si rivolse a Clay.

"Tu... medicina?

E indicò la giovane donna. Clay annuì.

L'indiano mise di nuovo la mano sulla testa della ragazza e poi si diresse alla porta.

Clay e Sally lo seguirono.

Quando l'indiano raggiunse la stanza, si rivolse agli altri, allargò le braccia e cominciò a parlare. Più volte ha preso a calci il suolo con i piedi da mocassino. Gli altri lo seguirono e ringhiarono. Mac si rivolse a Clay.

"Sta spiegando loro che l'abbiamo presa dopo quello che è successo a un uomo bianco.

"Chi? Clay ha chiesto in fretta. Lascia che te lo dicano. Chi?

"Non lo sa. Non lo conosceva, ma ha visto il cavallo e il ferro. Ma ha detto alcune parole che non conosco.

Presto, Mac, chiedi al vecchio. Digli che vogliamo sapere chi è stato.

«Clay, quelle cose non sembrano esattamente le stesse tra loro. È la figlia del vecchio. Vedrai...

"Non spiegarmelo adesso. Chiedigli chi era.

Mac ha parlato con il vecchio. Lui scosse la testa.

"Non vuole dirlo. O non lo so. Non c'è modo, Clay.

Si fermò ad ascoltare il vecchio.

"Ma ci dice grazie.

Il vecchio fece due passi verso Clay e gli mise una mano sulla spalla.

"Tu... strega della medicina. io, amico.

«Sei suo amico, Clay.

"Per l'amor di Dio, fermeremo le commedie. Chi è stato colui che l'ha fatto?

"Sei testarda," disse Sally all'improvviso. "Mac, chiedigli se era giovane, bruno, biondo... Sally, com'è quel ragazzo, il figlio di Amazee?

"Biondo.

Dai, Mac.

L'indiano scosse la testa. Ha detto qualcosa.

Mac annuì.

"Capelli gialli" disse.

"Ci sono più bionde nella squadra di Amazee", ha detto Sally.

«Comunque è un indizio.

L'indiano alzò due dita in aria mentre parlava. "Dice, Mac ha chiarito", che torneranno tra due giorni a prendere la ragazza. Quando starò meglio E me lo porteranno via.

"Niente di più?

"Non.

Gli indiani erano andati alla porta e il vecchio l'aveva aperta. Si voltò e agitò la mano. Poi sono scomparsi.

"Uffa" disse Sally. Ho avuto più paura che in tutta la mia vita. E che odore aveva quel selvaggio.

"Mac, cosa diavolo volevi dire dicendo che hanno visto la cosa da un punto di vista diverso?

"Quello, Clay. Per loro non rappresenta la stessa cosa. Ma vogliono vendetta perché... è qualcosa di complicato.

"Comunque sia, il fatto è che se ne sono andati" disse Sally. E non vorrei vederli riapparire come se fossero usciti da sotto terra.

Tirò fuori una bottiglia di whisky e riempì tre bicchieri.

"Penso che ce lo siamo meritati.

Bevuto. I colori tornarono sul suo viso.

"Avrebbero dovuto prenderla.

"Può essere.

Clay stava bevendo molto. Il bicchiere è stato riempito di nuovo. Lo sollevò alla luce e lo vuotò.

"Forse si.

Si rivolse a Mac.

"Mac, ascolta, domani vado a parlare con quel tizio. O con suo padre. Puoi venire se vuoi.

Sei pazzo? chiese Sally, sbattendo il bicchiere sul tavolo. Non hai capito cosa abbiamo spiegato prima?

"Tutto. Non sono stupido. Ma ti dirò anche una cosa: non lascerò la faccenda così, capito?

"Matto. Sei completamente matto. E d'ora in poi ti dico che non voglio entrare in quella faccenda.

"Nessuno ha chiesto. Prenditi cura della ragazza. Ok, Mac!

"Clay, verrò con te.

Si accigliò rosso.

"Non mi piace, ma non ti lascerò in pace. Forse ascolti ragioni se sono con te.

"Hai paura, Mac?

"No, Clay. Non ce l'ho. E ti ho già detto che stavamo insieme. Non ho cambiato idea. Chiunque l'abbia fatto è un maledetto mascalzone. Ma Amazee ha molto potere. E lo userà. Puoi esserne sicuro.

"Grazie, Mac.

"Bevi un altro drink" disse Sally. E si spera che non sia uno degli ultimi a bere.

"Cercheremo di non farlo.

"Un indiano non è un bianco, e Tob ha fatto molto... con il bianco.

"Una donna è una donna, qui e altrove. E non mi interessa il colore dei suoi capelli o della sua pelle.

"Beh, il mondo è pieno di pazzi.

Chiuse gli occhi.

«Vado a dormire, ma prima dirò ai peoni di chiudere bene le porte. Quegli indiani saranno in giro.

"No, Sally. Sono andati a cercare un uomo con i capelli biondi e ne sanno qualcosa.

"Cosa, Mac?

«Che portava una sciarpa color sole intorno al collo. Giallo, Clay. Gliel'ha detto l'indiano.

Clay strinse i pugni.

"Dio, darei qualsiasi cosa per poter parlare con lei senza intermediari. Qualsiasi cosa, Mac. Chiunque. Sally era già alla porta.

"Spero che nessuno mi spari di punto in bianco. Avvertirò i peoni.

«Vengo con te», disse Clay.

"Beh, grazie, amico. Vorrei che qualcuno si prendesse cura di me con la stessa dedizione che mostri con quella ragazza. Vai.

CAPITOLO IV

La strada principale di Last sembrava morta al sole. Solo pochi uomini, in piedi sulla soglia di General Story e parlando a bassa voce.

Clay e Mac si fermarono davanti a loro. Il sole di mezzogiorno stava calando inesorabilmente sulla strada. Potresti sentire una chitarra da qualche parte.

"Mac Mannister" disse uno di loro, alzando l'orlo del cappello. Di nuovo, vecchio teppista?

"Ancora.

"Dalle tue vesti si direbbe che non hai trovato l'oro. Non molto, almeno.

"Dov'è lo sceriffo? Chiese Mac.

"Laggiù, come sempre. Hai dato un'occhiata alla stazione di polizia?

"Sì. Nessuno.

L'uomo scrollò le spalle.

"Entra e bevi qualcosa. Chi è il tuo amico, Mac?

"Un amico. Lo berremo più tardi.

Clay aveva spronato il suo cavallo. Mac si unì a lui.

"Dov'è il ranch, Mac?

«Cinque miglia a sud. Ascolta, Clay, ci entreremo, sicuro?

"Ci andremo. Sto cercando un lavoro. E anche tu, Mac.

«Nessuno ci crederà, Clay.

"È possibile. Ma cerchiamolo... lì.

Mentre lasciavano la città, un gruppo di cavalieri avanzò nella direzione opposta. Erano cinque o sei e cavalcavano al trotto lungo. L'hanno superata senza fermarsi.

«Hai visto quello davanti, Clay?

"Sì.

"Beh, o mi sbaglio o quello è Tob Amazee.

Clay tornò indietro.

"Già.

Non parlò più finché non raggiunsero il bivio della strada. Un palo, dipinto di rosso e sormontato da un bucranio, da cui pendeva un cartello, segnava il confine del ranch. Il segno aveva una croce montata in un cerchio. E sotto c'era scritto Amazee Ranch.

La strada si snodava nel prato. Centinaia di mucche e tori si muovevano pacificamente, al pascolo. Poco più avanti, un gruppo di cowboy a cavallo, ha messo all'angolo un punto di bestiame. Vedendo i due compagni, uno di loro si staccò dal gruppo e galoppò sull'erba alta.

Mac si è fermato.

Il cowboy si avvicinò a loro e tirò le redini.

"Sì?" chiedo.

"Sì" rispose Mac. Cerchiamo il maestro.

"È in casa. Quindi?

"Cerchiamo lavoro.

Il cowboy sollevò l'orlo del cappello e sorrise.

"Penso che voi ragazzi abbiate torto. Non c'è lavoro nel ranch.

"Sei il caposquadra? chiese Clay.

«L'assistente del caposquadra.

«In tal caso, se non le dispiace, parleremo con il maestro.

"Fallo se vuole. Tutto avanti.

La casa era dipinta di bianco e aveva piastrelle spagnole rosse. Consisteva di diversi edifici e tra tutti formavano una specie di piazza aperta su un lato. In mezzo allo spazio tra gli edifici c'era un altro palo che ripeteva quello visto all'imbocco della strada.

Due uomini a piedi aspettavano in mezzo al cortile. Mac fermò il cavallo accanto a loro.

"Buongiorno" disse. Maestro?

L'uomo indicò con il pollice la casa.

"Là dentro. Ma prima dovranno dirmi cosa vogliono. È occupato.

"Vogliamo lavorare.

"Non c'è. Non è tempo.

Il suo tono sembrava chiudere la discussione.

Clay si chinò sul collo del suo cavallo.

"Vogliamo parlare con il signor Amazee.

"Se fosse solo per lavoro, è inutile, dico loro. Possono girare.

"Vogliamo" la voce di Clay era offensivamente paziente "per parlare con il signor Amazee.

L'uomo li guardò, chiudendo gli occhi fino a farli diventare due fessure.

"Sì? Beh, provaci. Avanti, ragazzi.

Clay lanciò il cavallo verso casa e lo fermò sotto il portico. Un uomo armato di fucile, seduto su una sedia, li guardò. La punta dell'arma, come per caso, era puntata contro il dottore.

"Sì?

"Vogliamo parlare con il signor Amazee.

"Non riceve nessuno. Semplicemente non ricevi.

Clay soffiò lentamente nell'aria.

Poi improvvisamente alzò la voce.

"Signor Stupore!

L'uomo con il fucile si alzò in piedi.

"Dove crede di essere? "Chiedo". In mezzo all'isolato da dove viene? Fuori di qui subito!

Clay smontato. Il fucile era ancora puntato su di lui.

"Non mi hai sentito?

Clay fece due passi verso i gradini del portico.

"Ora ha...

La porta si aprì. Sulla soglia apparve una figura alta.

"Che diamine stanno succedendo qui! Maledetti figli di puttana, che succede?

L'uomo con il fucile si voltò.

«Questi ragazzi vogliono parlare con lei, signore.

"Quelli? Chi sono?

L'uomo che era appena apparso aveva i capelli grigio ferro, il viso rosso, le spalle larghe e il ventre in avanti. Dava una straordinaria impressione di forza, ma soprattutto di energia.

"Cosa vuoi? Parliamone.

Clay era in piedi sui gradini.

"Signor Stupore?" chiedo.

La domanda era del tutto inutile, ma la fece sapendo che gli stava facendo guadagnare un po' di tempo.

"Sil! Ma a te non importa. Chi sei?

"Sto cercando lavoro.

"Niente lavoro. Non te l'hanno detto quegli inutili?

"Sì, ma volevo sentirti.

Gli occhi del disegno erano grigio scuro. Stavano osservando Clay anche da sotto le folte sopracciglia grigie.

"Ah sì? Bene, girati proprio ora da dove sei venuto e, con mille paia di inferni incarnati, non preoccuparti più!

La voce di Clay era quasi offensivamente calma in contrasto con il tuono di quella voce tonante.

"Ascolta, signor Amazee, ha visto un dottore ultimamente?

"Un dottore? Che diavolo vuoi dire? Esci subito da qui.

"Non hai avuto le vertigini ultimamente? Nessun ronzio nelle orecchie?

"Sei pazzo. Buck, buttali fuori subito.

L'uomo con il fucile lo sollevò.

"Fuori di qui. Conterò fino a due e poi...

"Aspetta, dannazione! Cosa intendevi per capogiro?

"Li hai sentiti?

"Nella mia vita, ma cosa volevi dire?

"Niente in quel caso. Se così non fosse, non ti devi preoccupare. Se li hai sentiti, l'hai detto a un dottore?

Si voltò e si diresse verso Mac, che era ancora a cavallo.

Dai, Mac.

Si avvicinò al suo.

"Resta ancora lì!

Era stato qualcosa di molto vicino a un colpo di frusta. Clay si voltò.

«Sì, signor Stupito?

"Vieni qui.

"Hai detto di uscire. E lo stanno sostenendo con un fucile. Ce ne stiamo andando.

"Non te ne vai. Buck, impedisci loro di andarsene.

"Avete sentito il capo, ragazzi.

Il silenzio calò sul patio, innaffiato dal sole.

"Sig. Stupito, non siamo disposti a perdere tempo.

"Ecco, chi lo ha mandato perde tempo e chi lo ha mandato a farlo così lavora. Vieni qui.

"L'hai sentito, ragazzo.

Clay smontò e raggiunse il portico.

"Succede qui dentro. Buck, resta alla porta e non lasciarlo andare.

"Sentito, signore.

Amazee si voltò ed entrò nel ranch. Clay si voltò.

"Il mio compagno viene con me.

"Il tuo...? Va tutto bene. Vieni.

Mac smontato. Entrò dietro di loro.

C'era una stanza enorme, adorna di trofei di ogni genere, dalla testa immensa di un toro dalle lunghe corna, alla pelle di un orso con la sua enorme bocca aperta per mostrare i suoi denti gialli.

Alle pareti, imbiancate a calce, torsi di antilopi, linci, lupi e due puma, alternati a fucili di ogni marca, calibro ed età.

"Vediamo ragazzi, qui c'è qualcosa che non capisco e mi piace capire le cose. Non lo sopporto. O li capisco o...

Ha lasciato l'alternativa in aria. Andò alla scrivania di mogano intarsiato di ebano, prese una bottiglia di cristallo molato e due bicchieri.

"Un drink?

"Si signore.

Il vecchio lo servì e gliene mise davanti un altro.

"Anche il mio compagno beve.

"Aiutati. E ora mi dirai che diavolo volevi dire con quella cosa.

"Li hai sentiti, sì o no?

Il vecchio bevve prima di rispondere. Si asciugò i baffi.

"Un paio di volte. Piccola cosa, diavolo. Niente di cui preoccuparsi. E non l'ho detto a nessuno. Come diavolo facevi a saperlo?

Clay lanciò un'occhiata di traverso a Mac. Mac si fece avanti. Lo avevo capito.

«Il mio partner è un medico, signor Amazee.

"Dottore? Tu?

"Me.

"Perché non l'hai detto prima? Chi ti ha mandato?

"Nessuno. Io stesso. Gli ho detto che stavo cercando un lavoro.

"Come dottore?

"Come una pedina.

"Un dottore? Menti. Ma adesso mi dirai chi ti ha detto che io...

"Nessuno, ripeto.

Clay si raddrizzò. Poi tese la mano. Il vecchio prese il calcio di madreperla modellata della sua Colt, che portava penzolante sulle sue cosce spesse.

"Aspetta, dannazione!

"Ho fissato la mia mano.

"Che io...?

"Guardala.

Stupito obbedì.

"Lo vedi fisso?

"Lo voglio.

"La vedi tremare. Non lo vede fisso. Eppure toccalo e vedrai che è solido come una roccia.

"Sì, e allora?

La sua voce era un po' meno sicura di prima.

"Sei semplicemente malato.

"Io? Non dire stupidaggini! Nella mia vita mi sono sentito meglio!

"E quelle vertigini, non vedi mosche davanti ai tuoi occhi? Di notte è stanco. Gli fischiano le orecchie.

LA trovò una sedia e si sedette.

"E tutto questo, cosa significa? Supponiamo che queste cose accadano, diavolo, ma cosa significano?

"Non hai mai visto un dottore?

"Sì, certo. Al dottor Ball. Di tanto in tanto viene da Last e tira fuori i molari e mette le sanguisughe. L'ho fatto venire qui e mi ha detto che era... com'era? Che era l'immagine del uomo sano.

Clay lo stava fissando. sorrise.

"Un dottore?

"Beh... lui si definisce così. E ora tu, ascoltami, dottore. C'è qualcosa di sbagliato?

«Controlla con il dottor Ball.

Fece una pausa.

"Sono venuto qui per cercare lavoro. Pedone. lo ha?

LA si dondolava sulla sedia, avanti e indietro.

"Ho un lavoro per te.

"Siamo in due.

"Ho un lavoro per entrambi. Ma ora mi dirai cosa mi succede.

Ora, signor Stupito?

Fece due passi verso il tavolo, prese la bottiglia e si versò un nuovo bicchiere.

"Assumemi e ne parliamo.

LA si è alzata violentemente.

"Perché vuoi lavorare come manovale? Un dottore non lo fa!

Diciamo che mi piace di più.

"Diciamo che sei un bugiardo e che sei venuto qui per uno scopo che ora non conosco, ma che scoprirò presto.

"Diciamolo e... provaci. Non mi importa. Ci sono altri ranch dove trovare lavoro.

"Citamene uno.

L'intestino di Los Angeles si è mosso su e giù. Stava ridendo.

"Ranch come fazzoletti che permetto di continuare ancora perché non mi fanno nemmeno l'ombra che mi farebbe una formica. Mendicanti che raccolgono le briciole d'erba che io lascio loro. Dai, fallo. Cerca lavoro in loro.

"Cercate salute altrove.

LA si alzò.

"Cosa hai detto?

"Vai a cercare quella palla.

Infilò una mano nella tasca del panciotto e tirò fuori un pezzo di carta. Era piegato in otto pieghe e incollato su un panno di seta.

"Guarda questo, Amazee.

"Il" signore "era stato messo da parte. Gli occhi del vecchio si strinsero. Ma prese il foglio e lo spiegò.

"Dottore in medicina. Ancora non capisco che condanna faccia un medico qui, senza essere lì a vedere i malati, a chiedere lavoro come manovale.

"Questo è il mio conto.

Il vecchio strinse gli occhi. Per un momento non parlò.

"Sei stato assunto" disse all'improvviso.

"Siamo in due.

«Entrambi, dannazione. Sono assunti. Secchio!

Buck comparve sulla soglia, fucile in mano.

"Questi due uomini sono assunti. Date loro un posto in camera da letto. Vorranno mangiare. Lo facciamo in mezz'ora.

«Va tutto bene. Fai rapporto al caposquadra. Buck, portaglieli.

I due uomini si diressero verso la porta. Erano già dentro quando il vecchio lo chiamò di nuovo.

"Lo hai voluto. Lavorerà come una pedina.

"Naturalmente.

"E qui le persone lavorano sodo. Me ne occupo io.

"Va bene. Il ranch è tuo.

Sono andati via. Buck li stava guardando in modo strano.

"Cosa diavolo hai detto al capo per convincerlo ad assumerti? Non hai bisogno di persone.

"Perché non glielo chiedi? Clay suggerì utilmente.

"Lo farei se fossi disperato per la vita.

Avevano raggiunto una delle dipendenze. Un uomo stava esaminando un cavallo nella fucina.

"Sig. Lane, il capo ha assunto questi due uomini.

Lane non ha risposto. Stava ancora esaminando il cavallo, appoggiato alla sua gamba. Il fabbro stava osservando la scena, fumando una sigaretta.

Passarono quasi cinque minuti. Alla fine, Lane si raddrizzò.

"Sembra già che vada bene. Ma ancora una volta non graffiare lo scafo.

"No signore.

E poi Lane si rivolse a loro.

"Quindi ti ha assunto, giusto?

«Sì», disse Clay.

Dì "sì, signore".

"Ci ha assunti.

Dì "sì, signore".

Lane era alto, con capelli biondissimi e occhi ravvicinati, del colore dell'acqua sporca. Indossava una camicia a quadri rossa e gialla e delle screpolature sulle gambe.

"Cosa le sta succedendo? Non può dire "sì, signore"?

"Non.

Mac conosceva già Clay. Vide le sue mascelle serrate e le vene del suo collo spiccavano contro la pelle abbronzata.

E capì che erano cominciate le difficoltà.

"Non?

"Non.

Il pugno di Lane scattò in avanti, cercando la mascella di Clay. Fece un passo indietro e il pugno gli passò innocuo sul viso.

Il corpo di Lane si sporse in avanti, il braccio teso.

Poi Clay le affondò il pugno sinistro nel fianco destro, appena sopra il fegato.

Il colpo è stato preciso; quello di una persona che sa dove dare, e dà duro. Lane rimase senza fiato e cadde a terra, stringendosi il fianco con entrambe le mani.

Il fabbro prese il martello e avanzò su di loro.

Mac tirò fuori il revolver.

"Campo libero" disse.

"Dannazione", disse Lane, ansimando.

"Hai iniziato per primo. Non me.

Lane iniziò ad alzarsi.

"Hai un revolver alla cintura. Farlo uscire.

"Non pensarci. Non sono venuto qui per uccidere nessuno. Ma tu hai iniziato la lotta.

Un gruppo di uomini si stava avvicinando, quasi di corsa.

Lane mise la mano sulla fondina.

"Se spari a un uomo che non risponde, non ne uscirai vivo," disse pigramente Mac. Basta non pensarci.

"Nessuno verrà a colpirmi qui" disse Lane con uno sguardo omicida.

"Zitto, porco! Disse Clay con forza. Hai iniziato tu. Chi si crede di essere? Maestro?

Gli uomini erano arrivati. Rimasero un attimo indecisi. E Lane ha preso una decisione.

"Prendi quei ragazzi e mettili qui. E poi chiudi la porta.

CAPITOLO V

Clay capì cosa stava per succedere. Rinchiusi nella fucina, sarebbero stati nelle mani di Lane. E non era molto difficile indovinare cosa stesse cercando di fare.

"Il primo che mi mette la mano addosso, prenderà un colpo" ha detto. E ha tirato fuori la pistola. Mac era in piedi accanto a lui, spalla a spalla, e si trovavano di fronte al gruppo.

Lane, leggermente piegato in avanti, pistola in mano, li stava fissando. Il gruppo di uomini si stava aprendo in cerchio. E sopra, il sole tramontava incandescente sul ranch.

"Lane" disse uno degli uomini, "quei due ragazzi erano da Sally a fare domande. Li abbiamo visti lì.

"Ah sì? Che tipo di domande?

«A proposito di un ferro da stiro.

Lane si accigliò.

"Teneteli coperti, ragazzi. Vediamo che condanna è quella dei ferri.

Ma la situazione era stantia. Anche i due compagni hanno coperto il campo.

"Ascolta, Lane, non voglio litigare. Ma se uno di voi cerca di metterci le mani addosso, ci sarà una rissa.

"Ci sarà", concordò Lane. E l'unico modo per evitarlo è che tu vada nella fucina così possiamo parlare.

«Non morto», rispose Clay. E ora, Lane, fai largo perché ce ne andiamo da qui.

"Sì? Ebbene, vediamo che...

"Sta arrivando il capo" disse uno degli uomini a bassa voce.

Corsia svolta. Lot Amazee si diresse verso la fucina, con passo pesante. Prima di raggiungere i quindici metri, cominciò a parlare.

"Lane, dannazione! Che diavolo sta succedendo lì?

Lane mise via la pistola.

«Niente, signor Stupito. Niente che non possa sistemare.

"Davvero? E... posso sapere cosa devi aggiustare con un revolver in mano?

Improvvisamente la sua voce raggiunse un livello quasi fragoroso.

"Via tutte quelle maledette armi! Proprio adesso!

Tutti i suoi dipendenti hanno messo via frettolosamente i loro revolver. Né Clay né Mac l'hanno fatto. Lo sguardo del vecchio si volse verso di loro.

"Non hai sentito?

"Sì" disse Clay "L'abbiamo sentito.

"Allora perché diavolo...?

Chiedi a Lane. Ha iniziato tutto lui.

"Lane?

Il caposquadra mosse le mascelle.

"Quel ragazzo è stato insolente con me. E non sopporto nessun pedone che lo faccia.

"Sei stato tu?

Argilla sorrise.

"Voleva che gli dessi il tuo stesso trattamento.

Corsia arrossata.

"Menti, fottuto bastardo.

«Poi parleremo delle virtù delle nostre madri... da sole. Signor Amazee, Lane voleva che la chiamassi signore ogni volta che gli parlavo. A quanto pare era seccato che tu mi abbia assunto senza di lui.

LA si rivolse al suo caposquadra.

«Lane, ne parleremo più tardi, io e te. Ho assunto quest'uomo ed è finita. Qui do ordini. E se non ti piacciono, sai già cosa puoi fare. E adesso... con mille paia di diavoli a letto, basta!

"Un momento.

LA si rivolse a Clay.

"Non mi hai sentito?

"Sì. Ma la faccenda non è finita. Mi hai assunto, ma non mi hai comprato. Sono libero di andarmene se non mi piace il lavoro... o gli uomini. Si è capito bene?

Il viso di Amazee divenne viola.

"Che diavolo...? Non sai che se volessi, non lavoreresti in nessun...?

La sua voce si spense. Come un libro, Clay poteva leggere i suoi pensieri. Aveva chiesto di lavorare come pedina, ma... non era una pedina. E il vecchio se n'era reso conto nel bel mezzo della sua esplosione.

"Fuori di qui!" Disse.

"Con piacere. Dai, Mac.

Comincio a camminare. Dietro di lui udì il respiro affannoso del vecchio.

Raggiunsero i loro cavalli. Clay mise il piede sulla staffa e poi ci fu di nuovo quel rombo, come un tuono in montagna.

"Aspettare!

Io spero.

Il vecchio si stava avvicinando a lui.

"La gente non se ne va da qui. Mi manca.

"Mi considero licenziato. Mi hai detto "fuori".

"E ora gli dico di restare.

Clay lo fissò, cercando di non vedere la gioia sul suo volto per aver vinto il round.

"Con una condizione.

Sentì lo sguardo di Mac e degli altri su di lui.

"Condizioni... per me?

"Mi dispiace. Sì.

"E..." la voce del vecchio risuonò con una rabbia contenuta", qual è quella condizione?

"Prenderei ordini da te, non da quel ragazzo.

"Non me ne frega un cavolo da chi prendi gli ordini...

"Non me.

“Ma tu resterai. Venga con me.

“Aspettami, Mac. E ricorda, sei con me. Non lasciare che ti mettano i piedi in gola mentre sono con il signor Amazee.

"Lane! Non toccare quell'uomo, mi capisci?

«Sì, signor Stupito.

Entrarono in casa. La freschezza degli interni li ha accolti.

"Ho ascoltato. "LA si era rivolta a Clay." Il mio ranch è gestito da me. Se l'ho assunto...

"Beh, lasciamo perdere" rispose Clay. Hai un sigaro?

Amazee andò al suo tavolo, tirò fuori una scatola e gliene porse una manciata.

“Non interrompermi quando parlo.

“Non voglio parlare di cose che sono già state dette. Tu gestisci il ranch, dai ordini e gli altri obbediscono. A me va bene. Ma nessuno mi comanda, né mi dà ordini, se non voglio.

“Hai chiesto un lavoro!

“Sono americano, bianco e libero di assumermi. E se non voglio stare da qualche parte, nessuno può costringermi a farlo.

“Lo assumo come medico. Ti darò cento dollari al mese. Ma devi lasciarmi in perfette condizioni. Devo inviare 10.000 capi di bestiame al nord in due mesi.

"Hai un figlio.

“Lui non può... Che diavolo vuoi dire? Non sono un invalido.

"Certo. Ma puoi diventare invalido se non hai un medico che ti veglia.

“Diavolo, è quello che sto contraendo con te!

Clay lo stava guardando con un'espressione concentrata.

"Beh, cosa mi dici?

"Io dico di sì. Con una condizione.

“Tu e le tue dannate condizioni! Dai, dillo adesso. Suppongo che accetterai ordini solo da me personalmente.

"No signore. Non prenderò ordini da nessuno. Li riceverete da me...
per quanto riguarda la vostra salute, naturalmente.

LA lo stava guardando da sotto le sopracciglia folte,

"Spero nient'altro. Non credo che tu voglia gestire il ranch, vero?

Argilla sorrise.

"Non.

Ma il suo sorriso non aveva raggiunto i suoi occhi. Le sue labbra si
chiusero all'improvviso.

«Sì o no, signor Amazee?

"Con un diavolo, ci proveremo. Ma fa attenzione. E non eccitare
troppo Lane. È un tipo duro.

«Anch'io... a modo mio. Gliel'ho già dimostrato. Digli di occuparsi
del ranch e non di me.

Il vecchio rise all'improvviso.

«Non ti piacerà, ma te lo dirò. E ora, togli quelle vertigini.

"Non ti piacerà nemmeno il modo in cui lo farò io.

"Ho ascoltato. Quasi l'intera regione è mia. Me la sono guadagnata
con i miei sforzi. Ma ho un'altra parte. E ho i contratti governativi per
fornire bestiame ai macelli dell'esercito e ai macelli civili di Chicago.
Devo adempierli. Non voglio restare a letto per due giorni con il mal di
testa.

"Hai un figlio. Riesce a fare certi lavori, giusto?

"Farà quello che può. Ma preferisco fare le cose da solo.

"Dov'è tuo figlio?

Negli occhi dell'allevatore apparve uno sguardo sospettoso.

"Perché vuoi saperlo? Vuoi parlargli... di me?

"No signore.

«Perché non voglio spaventare il cameriere. Mi hanno sempre visto
al mio posto. Non voglio che inizino a pensare che sto invecchiando.

"No signore.

"Beh, in tal caso... vediamo se possiamo iniziare a camminare.

"Metti giù quel bicchiere.

"Il whisky? È buono. È il cattivo whisky che mi fa male.

"Tutti fanno male alla lunga. Lascialo.

Il vecchio posò violentemente il bicchiere sul tavolo.

"Ok ok! È già partito. E adesso...

"Ora seguirai le mie istruzioni.

* * *

Il gruppo di cavalieri entrò nel ranch al tramonto. In testa, il giovane biondo. Capelli arruffati, vestiti sudati, entrò nell'edificio, facendo tintinnare gli speroni e facendo schioccare la frusta.

"Vediamo quella cena! Ciao papà.

Poi si ritrovò a guardare Clay negli occhi.

"Chi è questo? Un amico?

"Un dottore.

"Un dottore? E perché hai bisogno di un assassino? Ti senti male, padre?

"Ti sentirai meglio se seguirai il mio consiglio.

"Già.

Si versò un bicchiere di whisky e lo tracannò in un sorso. Ha schioccato la lingua.

"Vediamo, spieghiamo.

Si stava dirigendo dritto verso Clay. Non ha nemmeno sorriso.

"Non c'è niente da spiegare. Suo padre ed io abbiamo già parlato.

"Mio figlio Tob" disse Amazee. È un cucciolo di buona razza. A volte un po' violento, ma le praterie non generano uomini pacifici.

Posò una mano sulla spalla di Tob.

"Giusto, ragazzo?

"Giusto, amico. Ma che diavolo sta succedendo qui? Non hai mai avuto bisogno di un matasanos.

«Ora ha bisogno di guaritori», disse Clay con fermezza. L'altro notò il suo tono e si voltò lentamente verso il dottore.

"Sì? Cosa gli succede?

«Ascolta, Tob. Tutti raggiungono un'età... Clay si rese conto che il vecchio stava citando le sue stesse parole. Non sorrise. Era un buon segno.

"... È che ha bisogno di abbandonare certe usanze. Mangiare un sacco. Bevi molto... beh, tutto questo. A poco a poco, certo, ma devi prenderti cura di te stesso.

"Roba stupida!

Era stato una specie di colpo di frusta. Si rivolse a Clay.

"Che cosa hai fatto? Mettere la paura nel suo corpo? "No.

"Poi...?

"Sta 'zitto.

"Nessuno mi ha messo a tacere. E se succede qualcosa a mio padre, dillo, ma senza sciocchezze.

"A chi dovrei dirlo. A te?

"Sì.

"Non.

"Padre, mettilo al suo posto.

"Ecco, figliolo. Nel posto dove ho voluto averlo.

"Roba stupida!

Ha colpito lo stivale con il frustino.

"Bene, parleremo domani. Ho cavalcato duro. Domani.

"Dove sei stato?

"Beh... laggiù. Nel nord di Pradera Grande. C'era una carcassa nella fontana. Potrebbe aver avvelenato l'acqua. "È andato alla porta". Domani parleremo, matasanos.

Clay annuì. Il ragazzo è uscito. Clay andò alla finestra. Nella luce del crepuscolo, vide qualcuno avvicinarsi a lui fuori dal portico. Riconobbe le spalle larghe del caposquadra.

"Suonerà il segnale della cena", disse Amazee. Lo farai con me.

Aveva avuto paura? Clay vide la luce tremolante nello sguardo dell'allevatore.

"Con piacere.

Il cuoco cinese ha servito la cena. Quando Tob vide cosa stava mettendo suo padre nel piatto, sollevò un sopracciglio.

"Solo quello? Padre, un uomo ha bisogno di cibo.

"Zitto, con un diavolo. Mangerò quello che voglio.

Gli occhi del ragazzo andarono su Clay.

"È quella la tua medicina, matasanos?

"Uno di loro.

"Padre, non lasciare che questo tizio ti dica cosa fare. Dai, non sei mai caduto così in basso da sentirti dire...

"Sta 'zitto!

Le labbra del giovane si erano strette in un'unica linea.

"Tu ed io parleremo di tutto questo per un po', matasanos.

"Con piacere, Stupito. Ma ti avverto di una cosa. Non mi piace essere chiamato matasanos.

"No, matasano?

"No, e ti consiglio di non farlo più.

«Vedremo, matasanos. Anche se dubito che sia anche quello.

Gli occhi di Clay si strinsero.

"A proposito, lo sono. L'ultima volta che ho avuto la possibilità di dimostrarlo è stato con una ragazza indiana.

"Gli indiani non hanno bisogno di medici. Hanno le loro streghe" disse LA

"Questa no. Qualcuno l'aveva violentata su una strada di montagna.

I suoi occhi non lasciarono mai quelli del giovane Amazee. Il suo viso sembrava vuoto, ma la stava fissando.

"Ah sì? E cosa le è successo?

"È stato molto brutto. Mi sono preso cura di lei.

"Ti sei preso così tanto disturbo per una donna indiana?

"Sì.

La sillaba si era spezzata come una frustata.

«E mi piacerebbe sapere chi era il bastardo che l'ha fatto. E non da solo. Gli indiani cercano anche il maiale che ha violentato la ragazza.

«Be', che cerchino tra loro. Sanno tutti quando si tratta di queste cose.

"Era un uomo bianco, non un uomo rosso.

"Come lo sai?

"Lo so, è così.

"Così tanto clamore per una donna indiana? Quando dico che sei un matasanos...

Clay si alzò lentamente in piedi, spingendo da parte il tovagliolo.

Ripetilo, Stupito.

"Stai zitto! "LA è esplosa." Tu, torna al tuo cibo. E tu, Tob, stai zitto. Tieni la lingua in bocca o te lo farò ingoiare.

«Lo farò da solo», disse Clay.

"Siediti!

Clay non obbedì. Si avvicinò al ragazzo e avvicinò molto il suo viso a quello dell'altro.

"Ripetilo.

"Ciarlatano.

"Silenzio!

Il pugno di Clay colpì la mascella di Tob Amazee e lui lo tirò indietro. Il giovane cadde a terra, con gli occhi al cielo. Il colpo era stato sferrato da qualcuno che conosceva bene l'anatomia.

"Maiale! Come osi colpire mio figlio?

"Mi ha insultato.

Amazee stava avanzando verso di lui.

"Non sai cosa hai fatto. Ho intenzione di rimuovere la pelle a strisce.

Clay prese il revolver.

"Smettiamola con le sciocchezze. Nessuno mi insulterà e nessuno mi spoglierà.

"Lane!

"Se qualcuno osa toccarmi, lo ucciderò, Amazee.

"Lane!

Il caposquadra aprì la porta.

"Signore?

I suoi occhi scrutarono la situazione, prendendo immediatamente il sopravvento.

«Lane, non estrarre la rivoltella», disse piano Clay. Non tirarlo fuori se non sei disposto a usarlo... fino alla morte.

"Vattene dal mio ranch!

Mac era apparso sulla porta.

«Conflitti, Clay?

"Conflitti. Siamo rimasti qui.

Gli occhi del vecchio erano socchiusi.

"Lane, non voglio vedere questi ragazzi qui intorno.

«Con piacere, signore.

«Lasciali andare, Lane.

Tob Amazee era seduto. La sua mano destra andò alla fondina.

"Aspetta, Tob!

"Mi ha messo le mani sporche addosso e io...

"Non farai niente! Te lo proibisco! Questi ragazzi stanno lasciando il mio ranch in questo momento. Non saranno toccati da nessuno.

"Stiamo partendo" disse Clay, sempre con la pistola in mano. Ce ne andiamo, e per loro sarebbe meglio non andare avanti.

Si rivolse al vecchio.

"Quanto a te, te l'ho già detto: non ci vorrà molto per vedere l'errore che hai fatto.

Andò alla porta.

"Passa, corsia.

"Lane, nessuno lo tocchi.

"No signore.

Mac e Clay uscirono.

"I nostri cavalli" ordinò l'ultimo.

"Li avranno in men che non si dica", disse Lane minacciosamente. E se li vediamo di nuovo qui intorno, non avranno ossa intatte.

Clay si chinò su di lui.

E se mai ti vedrò di nuovo da qualche parte da solo, ti pentirai di essere nato.

"Bastardo.

«Non quanto te, Lane. E ora, i cavalli. E Dio abbia pietà di te se non sei in forma.

I cavalli erano. Clay e Mac se ne assicurarono lentamente, con attenzione.

Poi montarono e lasciarono l'anello del ranch.

"Stai molto attento, ragazzo," disse Mac. Hai capito il gioco?

«Ampia. Il vecchio non voleva che ci accadesse nulla all'interno del ranch. Ma fuori sarà qualcos'altro.

"Beh, dove andiamo? In città?

Clay ci pensò un attimo.

«O alla posta, Mac. Comunque dobbiamo fermarci a Last.

Arrivarono in città verso le undici.

«Dobbiamo trovare un posto dove dormire», disse Clay.

"Io" Mac lo guardò con espressione pensierosa, "Troverei un posto nel prato. Questo non mi piace.

"Abbiamo tempo per quello.

Sono arrivati in albergo. Questo aveva il salone nella parte inferiore. Il posto era pieno di gente, fumo e rumore di musica. I due compagni si avvicinarono al bancone.

L'uomo che serviva li guardò. Poi, rapidamente, guardò un altro di quelli appoggiati al bancone. Clay è stato allertato.

"Mac" disse piano. Forse avevi ragione. Forse dovremmo dormire fuori.

"Cosa sarà? Chiese il barista.

"Whisky. Avete stanze?

"Ne ho uno. Con due letti.

"L'abbiamo preso.

«Sono tre dollari.

"La prendiamo lo stesso.

"Va tutto bene. Ecco la chiave.

Clay si voltò lentamente mentre Mac prendeva la chiave. L'uomo che il barista aveva guardato si stava staccando dal bancone e camminava pigramente verso di loro.

"Attento, Mac.

L'uomo si avvicinò a lei. Poi lentamente tirò fuori qualcosa dalla tasca e lo mostrò.

"Sono Hoop, sceriffo di Last", ha detto. E saluto gli stranieri quando vengono in città.

«Gusto», disse Clay.

"Sì, a proposito. Bello e ora dammi i revolver.

Clay si appoggiò al bancone.

"Per quale motivo dovremmo farlo?

"Vedete, ragazzi. Me li dai e poi discutiamo della questione, va bene?

Era sulla quarantina, alto, con baffi color senape. I suoi occhi erano cerchiati di rosso.

"Ho chiesto perché dovremmo farlo, Hoop.

"Non vogliono?

"Non ho detto una cosa del genere. Ho chiesto il motivo. Là vedo molti uomini che portano i loro revolver. Hai intenzione di chiedere a tutti loro?

Lo sguardo dello sceriffo si indurì.

"No. A te. E mi sto stancando. Dammi l'artiglieria.

Clay parlava lentamente.

"No, finché non ho risposto.

"No? Beh, peggio per te. Guarda in alto.

Clay alzò lo sguardo verso la galleria che circondava il salone su tre lati, c'era un uomo che stava litigando. E il fucile era puntato direttamente su di loro.

«Se do l'ordine, quell'uomo li friggerà vivi. Quindi ragazzi, lasciate cadere le armi.

"Poi?

"Poi verranno con me alla stazione di polizia.

Clay alzò di nuovo lo sguardo. Il fucile fece una mossa rapida.

Lentamente lasciò cadere il biricu. Mac fece lo stesso, imprecando sottovoce.

Lo sceriffo ha allontanato a calci le armi. Solo allora l'uomo nella galleria scese.

"Raccogliete quei revolver" disse puntando le proprie pistole contro i due compagni. E tu vai alla porta. Ma, ragazzi, non pensate nemmeno a correre, perché sarebbe la fine.

«Andiamo», disse Clay.

Sapeva quando non resistere, e questo era uno di quei momenti.

CAPITOLO VI

Lo sceriffo li fissava da dietro la scrivania. I suoi occhi erano chiaramente ostili. Accanto al primo c'era un altro commissario.

"Quindi pensavate di poter raggiungere un posto tranquillo e iniziare a scherzare, eh?

Clay non ha risposto.

"Non rispondi, eh? Bene, qui abbiamo modi per aprire la bocca a ragazzi che sono duri con questo.

«Di cosa ci stai accusando, sceriffo?

"Ah, ma non lo sai? Molto facile. Te lo dirò. Per promuovere una lite al ranch del signor Amazee.

«L'ha detto il signor Amazee in persona?

"Ecco com'è.

"Lui, personalmente?

"Che importa poco, non è vero?

"Può essere.

"Beh, io dico che non importa. Il fatto è che lo avete. E qui non lo tolleriamo. D'altra parte, ragazzi, forse vi sto facendo un favore.

"Veramente?

"Puoi dirlo. I cowboy di Mr. Amazee ti stavano cercando. E senza buone intenzioni, te lo posso assicurare. Quindi le cose stanno così. Passerai qualche giorno in cella finché le cose non saranno chiare.

Guardò Clay.

"Dicono che sei un dottore.

Clay scrollò le spalle.

"Non importa.

"Amico no, tu non sei un ragazzo qualsiasi. Sfortunatamente, non abbiamo bisogno di dottori che promuovono le rivolte qui. Hooky, portali in cella.

«Per quanto tempo hai intenzione di tenerci qui, sceriffo?

"Oh beh, potrebbe essere per dopo.

Mentre Hooky avanzava verso la porta interna, lo sceriffo disse all'improvviso:

"È vero quello che ho sentito dire su una donna indiana?

"Non so cosa hai sentito.

«Che hai trovato una donna indiana ferita sulla montagna e l'hai portata al posto di Sally.

"È vero, ma non è stata ferita. L'avevano violentata.

"Beh, lo dici tu.

"Sì.

E non ci credo. E anche se fosse vero, un indiano è un indiano. Sicuramente un po' di rosso sì. Gli sono molto affezionati.

Clay si voltò verso di lui.

"Questo è quello che vorresti credere, non è vero?

"Questo è quello che penso.

Appoggiò i piedi sul tavolo con soddisfazione.

«Portateli in cella, ragazzi.

Le mascelle di Clay erano serrate.

"Sceriffo, quanto ti paga Amazee per fare ciò che ti dice di fare?

Gli occhi dello sceriffo Hoop brillarono.

Si alzò lentamente in piedi e avanzò verso Clay. Uno dei suoi commissari conficcò la canna del fucile nella schiena del dottore.

Poi Hoop colpì direttamente la mascella di Clay. È caduto all'indietro.

"Questo è solo l'inizio, ragazzo. Se dici di nuovo una cosa del genere, sarà il tuo turno. E ti pentirai di essere nato.

"Sceriffo, io e te ci vedremo qualche volta quando non sarai protetto dai tuoi scagnozzi.

"Vuoi di più? Ragazzi, mettetelo in piedi.

Mac si fece avanti.

"Perché non combatti da solo, Hoop?

Questa volta il colpo è stato per lui. Le canne di due fucili erano puntate direttamente su di lui.

"Dai, alzati, uccidici.

Clay si alzò e lo sceriffo alzò il braccio.

Una mano muscolosa le afferrò il polso e lo inchiodò in aria. Poi il pugno sinistro di Clay affondò nel fegato di Hoop.

Lo sceriffo si piegò in due, la bocca aperta, gli occhi socchiusi. Uno degli sceriffi ha deviato la pistola puntata su Mac e ha sparato. Il proiettile passò sul corpo piegato di Clay e gli eventi iniziarono a precipitare.

Lo sceriffo Hoop era caduto a terra. Respirò senza fiato, ansimò e dalla bocca gli uscì un gorgoglio.

Mac si era improvvisamente rivolto all'altro commissario, aveva afferrato il fucile per la canna e lo aveva tirato verso di sé. Il commissario si mosse. Mac sollevò il fucile e il mirino colpì l'altro, sulla guancia, sotto un occhio. Era a un pollice dal saltarlo.

Quello che aveva sparato non poteva ricaricare. Clay si voltò di scatto, sollevando una gamba e calciando il ginocchio nel basso ventre del commissario.

I due compagni si guardarono.

"Chiudi la porta" ordinò Clay.

Prese uno dei fucili e si voltò. I tavoli erano cambiati. Lo sceriffo era già seduto, imprecando con voce roca:

«Gettali contro il muro, Mac.

Mac aveva sequestrato l'altra arma. Con sguardo deciso, indicò uno degli angoli. I tre uomini obbedirono.

Poi Mac chiuse la porta e lo sbarrò.

"Ascolta, porco.

Clay stava guardando direttamente lo sceriffo.

"Questo costerà loro la corda", ha detto Hoop.

"Se ti uccido, non ci costerà nulla, stronzo. Ed è quello che farò.

Uno sguardo allarmato apparve negli occhi di Hoop.

"Non dici sul serio.

"Non?

Alzò il fucile.

"Alzati. Sto per sparare.

L'allarme si era trasformato in puro terrore.

"Non puoi farlo, ascolta...

"Sto per sparare. Lo farò a meno che tu non mi dica chi ti ha ordinato di fermarci e perché.

"Era Lane", rispose lo sceriffo, senza esitazione. Ma ha detto che era per ordine del signor Amazee.

"Perché?

«Ha detto che voleva che tu fossi in prigione almeno per un po'.

"Perché?

«No, non l'ha detto.

Clay strinse le palpebre.

"Penso... Mac.

"Sì?

«Mac, credo di sapere cosa volevano quei dannati assassini.

Si voltò violentemente verso lo sceriffo e gli diede un pugno in bocca.

E lo sai anche tu.

"No, ascolta, io non...

Il colpo successivo di Clay gli fece saltare due denti. La sua bocca si riempì di sangue.

«E poi», disse freddamente Clay, «ti spezzerò le braccia. Parla.

Lo sceriffo Hoop si toccò la bocca. Le sue parole sono uscite quasi irriconoscibili attraverso il sangue.

"Penso che sarebbero andati alla posta.

"Perché?

"Non l'hanno detto. Parola che non hanno detto. Solo loro avevano programmato di andare alla posta.

"Mac" disse Clay con voce contenuta. Mettili nelle celle e copri loro la bocca con i fazzoletti. Legateli. Forte, più forte che puoi. Partire. Quanto a te, se è successo qualcosa alla posta, ci rivedremo e potrai iniziare a pensare alle preghiere che conosci... se ne sai qualcuna, bastardo.

Dieci minuti dopo i tre uomini erano nelle celle legati e imbavagliati. I due compagni aprirono la porta. La strada era quasi vuota. Solo due ubriachi barcollarono sul marciapiede.

I loro cavalli erano legati al bar. Cavalcavano. «Andiamo», disse Clay. Corri, Mac. Ho paura.

"Anche io" rispose lo scozzese a bassa voce, "Anche io.

Spronato, i cavalli cominciarono a galoppare.

* * *

La lanterna a olio brillava sopra la porta della posta. Una figura solitaria era distesa sui gradini di legno.

Smontarono da cavallo e Clay corse dall'uomo. Era uno dei peoni messicani ed era ferito o morto.

Clay saltò sul suo corpo ed entrò nella grande sala, Vuoto, ma... in quale stato. Il grande tavolo rovesciato, le sedie per terra e un calderone con del cibo sparsi all'ingresso della cucina.

"Sortita!

Clay aveva urlato mentre correva verso le scale.

"Non muoverti", disse una voce. Non ti muovere o perdio l'ho ucciso.

"Sortita!

Clay si era fermato al primo pianerottolo. In cima alle scale, un fucile si mosse alla luce indecisa di una lanterna appesa al muro.

Mac era entrato a sua volta. Si fermò in mezzo alla stanza.

"Voi...

La donna scese un gradino. Il fucile tremò leggermente nelle sue mani.

"Sale, cosa è successo?

La donna entrò nel cono di luce della lanterna. I suoi capelli biondi ricadevano coprendo parte del suo viso. Ma non nascose il leggero rivolo di sangue che gli macchiava la fronte e parte della guancia.

"Tu..." ripeté.

Clay fece i gradini due alla volta, seguito da Mac. Prese il fucile e glielo prese dalle mani.

Sally si lasciò cadere su uno dei gradini e si prese il viso tra le mani.

"Pensavo... che fossero di nuovo loro.

"Sei ferito?

"Io? Penso che sia...

Si toccò la fronte con la mano e la guardò.

"Non è niente... penso.

Clay prese la lanterna e la avvicinò al viso della donna. Chiuse gli occhi.

Clay esaminò rapidamente la ferita. Solo un taglio.

"C'è qualcosa di più di questo?

"Io... no, non credo, anche se... mi hanno picchiato.

Aprì gli occhi.

"Quei maledetti bastardi mi hanno picchiato.

"Sally, alzati.

"Perché...?

"Voglio sapere se gli hanno fatto qualcos'altro.

"No, colpiscimi e basta. Mi hanno colpito con una cinghia sulla schiena.

Clay lo girò. Il suo vestito era strappato. Si vedevano le strisce rossastre dei colpi che si incrociavano.

"Qualcuno pagherà per questo," disse Mac pensieroso.

"E... hanno preso l'indiano", disse con la stessa voce incolore.

"Dove?

"Non lo so. Non me l'hanno detto. Solo l'hanno presa.

Si appoggiò alla ringhiera.

"Qualcuno pagherà, Mac? Chi te lo farà pagare?

"Sale, ascolta...

"Chi, accidenti? Chi te lo farà pagare?

La sua voce era diventata uno squittio. Clay l'ha schiaffeggiata due volte. Ha spalancato gli occhi e poi improvvisamente ha iniziato a piangere.

"Mac, prepara il tuo letto. La porto io.

La prese tra le braccia e, guidati da Mac, raggiunsero la camera da letto. L'ha lasciata sul letto.

"Sally, mi senti?

"Sì, certo. Mi dispiace. Ha dovuto urlare.

"Lo so. Non preoccuparti. Ma non voglio l'isteria adesso. Sally, chi è stato?

"Lane. Il caposquadra di...

"Lo conosco," intervenne seccamente Clay. So chi è quel maledetto maiale.

"Erano lui e quattro dei suoi uomini.

Stava fissando Clay.

"Scusa, Clay. Sono venuti all'improvviso e hanno picchiato i miei ragazzi. Poi sono entrati nel palo e hanno spaventato i cavalli. Non so nemmeno se riuscirò a rimetterli insieme.

Lui sporse le labbra. Clay si stava pulendo la ferita sulla fronte.

«Lane mi ha detto che sarebbe successo a tutti coloro che aiutano quei maledetti indiani. Erano le sue parole. E che le avrebbero dato una lezione. Quando ho provato a fermarli, mi hanno picchiato.

"Chi? Corsia?

«Sì. Mi ha fatto tenere per due di loro e poi mi ha colpito con la cintura.

«Sally, il figlio di Amazee era tra loro?

«Non l'ho visto, Clay. Non l'ho visto.

"La ferita non è niente. Vado a dare un'occhiata nella stanza indiana. Mac, dai a Sally dell'alcol.

Tornò dopo un attimo. Il suo viso era mortalmente pallido.

"Devono averle fatto del male. C'è sangue sulle lenzuola.

All'improvviso Mac sembrava impazzire. Prese il cappello e lo gettò a terra. Da lui sembrava uscire qualche remoto antenato celtico. Clay non l'aveva mai visto così durante il loro tempo insieme.

"Li ucciderò, per Dio in cielo! Giuro che ucciderò tutti quei fottuti figli di puttana e che Dio li condanni all'inferno!

"Mac.

"Lo giuro!

Clay lo prese per un braccio. Strinse forte.

"Mac, già abbastanza. La penso come te. Ma smettila, dannazione! Non è il momento di giurare, ma di agire. Stai zitto adesso!

Si rivolse a Sally.

"Dove avrebbero potuto portare l'India?

Sally scrollò le spalle.

"Non lo so.

Mac stava ancora tremando. Aprì gli occhi.

"Qualcuno potrebbe saperlo.

"Oms?

"Gli indiani.

«Dovremmo trovarli prima, Mac. Non ci serve. Ma se non sappiamo dove l'hanno portata, almeno sappiamo dove possiamo trovare Lane. Sally, preparati. Andiamo.

"Non posso muovermi dal posto. In mattinata arriverà la posta per cambiare tiro. Non posso.

Clay ci pensò un attimo.

"Proprio così non possiamo muoverci nel cuore della notte. Vediamo cosa è successo ai pedoni.

Sono scesi. L'uomo alla porta aveva ripreso conoscenza.

«Quando è successo tutto questo? chiese Clay. Quando è successo?

«Circa mezz'ora fa, Clay. Forse un po' di più.

"Hanno potuto correre molto in quel periodo. Come stai?

L'uomo si mise a sedere. Ha avuto un trauma cranico.

"Non lo so. Fa male.

"Entra.

Raggiunsero il capannone dove dormivano i peoni. Erano solo due, legati ai letti a castello e con segni anche loro di essere stati picchiati.

Quando ebbe tutti in soggiorno, mentre Mac dava loro caffè e whisky, Clay chiese:

"Qualcuno di voi sa seguire le tracce?

Uno di loro annuì mentre beveva.

"Io, signore.

«Domani potremmo doverti usare.

L'uomo ha negato.

"Mi dispiace, signora, ma... ce ne andiamo.

"Non puoi farlo" rispose Sally con le labbra serrate. Non puoi lasciarmi così ora.

«Ci hanno detto che la prossima volta che sarebbero tornati ci avrebbero ucciso, signora. Non restiamo. Nessuno li disturberà se uccidono persone come noi.

"Hanno ragione", disse Clay. Non c'è nessuna legge che li protegga.

«Ormai avranno scatenato lo sceriffo» disse Mac. Sally lo guardò stupita.

Clay glielo spiegò in poche parole.

"Ma... in quel caso in questo momento sei fuori legge.

Ma era anche qui?

Ha colpito duramente il tavolo.

"Sally, non litighiamo più. Quando arriva la posta, lascia che se ne occupi come può.

"Non posso farlo.

"Lo vedremo domani mattina. Intanto ci riposiamo. Mac, chiudi bene la porta. Prenderla. Riposeremo finché non verrà la luce. Semplicemente non possiamo fare diversamente.

Prese Sally per un braccio.

"Dai, non preoccuparti. Dai.

"Non preoccuparti...?

"Ora no" ripeté con fermezza. Andiamo nella sua stanza.

L'ha condotta da lui. Sulla porta la prese per le spalle.

"Mi dispiace per tutto questo. È stata colpa nostra, ma non sapevamo cosa fare con quella povera creatura.

"Ho detto loro di portarla via... Oh, non sto pensando a cosa hanno fatto quelle bestie qui. Sto pensando a lei.

"Lo so. Ma ti dirò una cosa, Sally: non è finita. Mac l'ha detto urlando e io l'ho detto piano. Lo ricorderanno per il resto della loro vita.

Fece un respiro profondo. Sotto il vestito strappato, il seno si sollevava percettibilmente. Ci sono momenti in cui il peso delle circostanze esterne lavora su di te e agisce per te. Clay si chinò su di lei, la circondò con le braccia e premette le labbra sulle sue. Non ha nemmeno provato a resistere. Ha risposto all'abbraccio e al bacio.

Quando si separarono si guardarono dritto negli occhi.

Vai a dormire, Sally.

* * *

Il sole si alzò rosso all'orizzonte. Molto rosso, quasi sanguinante.

Mac lo guardò con gli occhi dell'uomo che ha vissuto tutta la sua vita in campagna.

"Ci sarà presto una tempesta", ha detto. Prima di mezzogiorno.

Al suo fianco. Clay, seminudo, lavato nell'abbeveratoio.

I tre peoni fecero capolino.

"Stiamo partendo" hanno detto.

"Partire.

"NOI...

"Va via.

Si allontanarono.

"Guarda" disse Mac.

C'era un gruppo di cavalli dall'altra parte del recinto. Sally apparve in quel momento alla porta.

"Il cibo... Oh!

Aveva visto i cavalli.

"Prendiamoli. Non saranno molto riposati quando arriverà la posta, ma... è l'unica cosa che ci sarà.

«Dai, Sally, ti aiutiamo noi.

Raccolsero i cavalli e li misero nelle stalle. Mac li ha ripuliti rapidamente. Fu nel momento in cui se ne andò che videro la testa sulla staccionata.

"Sono lì," disse Sally forte a voce bassa. Guardali, ci sono.

Adesso erano due teste. Ognuno di loro indossava una piuma di tacchino tra i capelli neri intrecciati.

"Mac, digli di entrare.

Mac alzò la voce e disse qualcosa. I due indiani saltarono oltre il recinto e si avvicinarono a loro.

I loro corpi erano pieni di polvere. I volti dipinti di scuro. Gli occhi annebbiati.

«Mac, digli cos'è successo.

Mac parlò per alcuni secondi. I due indiani si guardarono. Poi uno di loro tirò fuori il tomahawk e lo sollevò in aria mentre cantava qualcosa.

"Cosa dice?

"Non lo so. Sembra un incantesimo, ma non lo capisco. Forse...

Ha parlato con l'indiano. Sembrava non sentirlo, ma quando Mac ebbe finito, rispose:

«Dice che seguiranno quegli uomini e li uccideranno.

"No, digli di no. Digli solo di dirci dove possono essere. Fagli cercare le loro impronte e facci sapere se trovano qualcosa.

"Clay, non capisci. Devono vendicarsi. È la loro legge, come noi abbiamo la nostra.

"Parla almeno con loro.

«Devono vendicarsi, Clay.

«Va bene, ma digli di cercare le impronte.

Mac ha parlato con loro. Uno degli indiani scomparve verso la porta e cominciò a frugare per terra. Poi strillò qualcosa.

«Li hanno trovati, Clay. Penso che li abbiano trovati.

Clay e Sally si diressero verso di loro. Uno degli indiani stava indicando l'orizzonte con il dito. Verso le montagne.

"Capisco" disse Clay Bester a denti stretti. Capire. Vogliono sbarazzarsi delle prove. Dio, qualcuno pagherà per questo con sangue e carne.

"Cosa hai intenzione di fare? Sally ha chiesto.

Clay la guardò.

«Non puoi restare qui, Sally, almeno non da sola. E voglio seguire quegli individui. Porta Mac in città.

"Aspetta un po', Clay," disse Mac. Sally non sarà più al sicuro in città che qui. Ricorda lo sceriffo. È venduto a Los Angeles. Troveranno un modo per... spingerla. Potresti anche essere in pericolo.

"Aspettate 'entrambi'" disse Sally, il viso arrossato dalla rabbia. Parli come se non fossi di fronte a te o non dicessi quello che voglio. Gestisco il posto da quando è morto mio padre e non ho intenzione di lasciarlo. Mi nutre e mi piace.

Clay la guardò.

"Ascolta. Se la posta non è presidiata perché sei stato aggredito, qualcuno dovrà fare qualcosa, no? Le cose si ingarbugliano, ci saranno proteste, ci saranno guai sulla linea.

Mac aprì la bocca.

"Diavolo, è un'idea.

"Ma..." Sally rimase pensierosa per un momento. "Sì, l'Oltremare dovrà fare qualcosa. Gli ispettori vengono qui ogni mese e alcuni due volte al mese. Sì è corretto.

"Hai finito le pedine. Non puoi fare diversamente. Lascia che gli Esteri rivendichino LA per una parte. E lo rivendicheremo per l'altro.

Si allungò mentre guardava gli indiani, che stavano conferendo in gruppo.

"Mac, chiedi loro cosa faranno.

Mac obbedì. Si rivolse a Clay.

"Dicono che li seguiranno finché non li troveranno.

"Mac, vado con loro. Stai con Sally e se arriva qualcuno... fallo sparare. Hai capito?

"Ma tu non vai d'accordo con quelli rossi...

"Non importa. Fai quello che dico. Digli che vado con loro.

CAPITOLO VII

Per tutta la mattina Sally e Mac sono stati molto impegnati a cercare di calmare i viaggiatori della posta. Alla fine riuscì a uscire, ma Sally disse al postiglione di avvertire l'ispettore d'oltremare a Tucson che non c'erano lavoratori perché il posto era stato derubato e gli impiegati erano stati licenziati.

Poi hanno aspettato. Mac, fucile alla mano, si era accucciato sul tetto della casa.

Alle tre del pomeriggio videro la figura solitaria avvicinarsi al passo del cavallo.

"Sally" disse Mac. È argilla.

La ragazza aprì la porta e attraversò il cortile. All'ingresso aspettava.

Clay si avvicinò a lei. La sua testa era abbassata sul petto. Solo quando fu accanto alla ragazza alzò gli occhi.

"E..." disse Sally.

"Morto" è stata la risposta.

Sally si portò lentamente la mano al viso.

"Morto? Hai...?

"Un colpo.

"Succede. Avrai fame.

"Non.

"Ma devi mangiare. Dai, ho preparato qualcosa per te.

Clay scese da cavallo e diede una pacca sul sedere al cavallo.

Mac era sceso. Un solo sguardo al viso di Clay gli fece chiudere la bocca, che aveva già aperto per chiedere:

Clay si sedette al tavolo. Sally gli mise un piatto davanti.

"Non ho...

"Mangiare.

Clay cominciò a mangiare in silenzio. Gli altri due stavano aspettando.

"Dannazione", disse improvvisamente il dottore. Maledizione.

"Urla," gli consigliò Mac.

"Non è necessario, Mac. Mi sto trattenendo e posso farcela.

Alzò gli occhi.

"Le hanno sparato al petto e l'hanno lasciata su una pietra, Così, così semplicemente una giovane vita si estingue.

Infilò una mano nella tasca del panciotto e tirò fuori qualcosa, che tenne nascosto nel pugno.

Sally aveva la testa abbassata. Mac borbottava sottovoce come se pregasse o imprecasse.

Clay si alzò in piedi.

Poi aprì la mano e mise qualcosa sul tavolo.

Era un pezzo di piombo appiattito sulla punta. Un proiettile.

"È lei che l'ha uccisa", ha detto. E con lei... Sally, hai qualcosa da bere?

"Sì.

È servito.

E gli indiani? Chiesto Mac.

"Hanno preso il corpo. Non so cosa faranno. Vorrei che tu fossi lì, Mac, ma non è necessario. Ora so cosa farò. Posso sdraiarmi per un po'?

"Venire.

Sally lo condusse in una delle stanze. Clay si gettò sul letto senza nemmeno togliersi gli stivali.

"Di' a Mac se qualcuno viene a svegliarmi. Voglio dormire fino a notte.

Sally lo fissò. Poi, vedendolo chiudere gli occhi, andò alla porta. Una volta dentro si voltò di nuovo.

* * *

Clay scese quando era già buio. Uscì nel patio e si arrotolò una sigaretta. Accanto a lui apparve un'ombra.

"Cosa hai intenzione di fare, Clay?

«Trova l'uomo che l'ha fatto. C'è qualcosa che ha detto il vecchio indiano, il padre della ragazza. Ti ricordi?

"No. Penso di no...

"Un fazzoletto, Sally. Una sciarpa gialla. Qualcuno ce l'ha e quel qualcuno è quello che l'ha fatto.

"Capisci. E dopo...

"Non lo so.

Mise un braccio intorno alle spalle della donna.

"Sally, mi dispiace per tutto quello che ti è successo a causa nostra.

"Oh, lascia perdere.

Erano molto vicini. Il forte profumo della salvia in fiore si levava dal prato.

Alzò il viso. Clay si chinò e la baciò.

* * *

La luce dell'alba stava già filtrando dalla finestra. Fuori udirono i passi pesanti di Mac.

"Cosa ci fai qui? Chiese a bassa voce. Perché un uomo come te è qui, a caccia di un oro fantasma in compagnia di quel vecchio teppista? O... forse non dovrei chiedere... niente?

"Ora sì. Puoi chiedere. Sono venuto dall'Est cercando di dimenticare qualcosa che è successo lì.

"Qualcosa o qualcuno?

"Qualcuno.

"Una donna?

Lei ha guardato. Poi un lento sorriso apparve sulle sue labbra.

"No, un bambino. Mio fratello. Si è ammalato e io volevo prendermi cura di lui. Non volevo che andasse in ospedale. Alcuni colleghi mi dicevano che non potevo salvarlo da solo. Ci ho provato e . .. é morto.

"Mi dispiace.

"Mi hanno detto che non ero da biasimare, ma... la volta successiva che un bambino è stato portato nel mio ufficio, ho capito che non c'era niente che potessi fare per lui. Non potevo. Era oltre le mie forze. Ogni volta che lo guardavo, la faccia di mio fratello si metteva tra lui e me.

Fece una pausa.

"E basta.

Respirava pesantemente.

"Mi dispiace. Ma hai deciso di lasciare la tua professione?

"Avevo deciso finché non ho visto quella povera ragazza. Allora non lo so. Non lo so, hai capito?

"Sì" sussurrò. E ora penso che dovremmo alzarci. Mac deve chiedersi dove siamo.

"Chiediglielo... se lo fa.

Mac li stava aspettando vicino alla porta. Le uova e il prosciutto erano già stati fritti e l'odore permeava la stanza.

Non li ha nemmeno guardati. Ha appena messo i piatti davanti a loro. Argilla sorrise.

"Bene," disse Mac mentre si sedeva. Cosa stai pensando di fare?

"Prima di tutto, sei ancora con me?

Mac ha attaccato il suo cibo.

"Non dico le cose più di una volta. Te l'ho detto prima. Ma ti faccio una precisazione: l'oro esiste. Ci sta aspettando. Questa volta non mi sbaglio, Sally, non guardarmi così.

«Può aspettare», disse Clay.

"Come vuoi. Siamo soci. Volevo solo chiarirti. E ora... tu parli.

"Ascoltate tutti e due. Cercherò l'uomo biondo che porta una sciarpa gialla al collo. Tu ed io, Mac, sappiamo dov'è. Al ranch di LA Quindi lo cercheremo lì. E quando lo troverò, lo chiamerò figlio di una grossa puttana e lo ucciderò.

"Perdona. Non lo ucciderai prima che io gli dica qualche parola.

"Non importa. Prima o poi... lo ucciderò.

"Un dottore salva delle vite, non le uccide" disse Sally all'improvviso.

"Beh, davanti a te ne hai uno che finirà almeno una vita.

La risposta era stata data in tono brutale. Sally aprì la bocca e la richiuse.

"Una vita da chiacchierone non finisce", disse Mac rimproverando.

"Lo so. E quindi...

Fuori c'era un raglio.

"È uno dei nostri asini," disse Mac alzandosi. Qualcuno sta arrivando.

Andò alla porta e l'aprì, ma senza sbirciare fuori.

"Sì" disse. Qualcuno sta arrivando. Clay, dai.

Clay gli si avvicinò.

Molto vicino al recinto della posta c'era un gruppo di uomini.

Il viso di Clay era terribilmente serio quando estrasse la rivoltella.

"Aspetta," disse Mac lentamente. Vado di sopra con il fucile. E faresti meglio a chiudere la porta e aspettare dentro. Che ci crediate o no, ci sono Tob Amazee e molti dei suoi uomini.

Prese il fucile e andò alle scale.

Gli uomini avevano raggiunto la porta del patio, l'ingresso del palco.

Davanti a loro c'era un uomo con un elegante giubbotto che cavalcava un cavallo bianco dalla lunga criniera.

"Sally! Ha urlato, mentre tirava le redini.

«Non rispondere», ordinò Clay.

Sally non ha risposto. Si era avvicinato al muro e aveva abbattuto uno dei fucili.

"Sally, sappiamo che ci sei! Sale!

La giovane donna porse a Clay il fucile. Poi ne prese un altro per lei.

"Non vuoi uscire? Bene, entriamo. Voglio parlarti.

Clay controllò che il fucile fosse carico. Era un "Winchester" e sembrava in ottime condizioni. Aspettò ancora quasi un minuto. Mac deve essere arrivato sul tetto ormai e fuori dal portello.

Poi aprì la porta e si fermò sulla soglia, a gambe larghe, fucile in mano. Il braccio, piegato.

"Sì?" chiedo.

Tob Amazee si portò una mano alla testa e sollevò leggermente il cilindro piatto.

"Tu, matasanos?

Clay non ha risposto. La punta del fucile era leggermente sollevata.

Cosa diavolo stai facendo qui?

Clay non ha risposto. mi aspettavo.

"Non vuoi rispondere? Bene, entro.

Clay non ha risposto.

"Dai, rispondi! Sto entrando.

"Entra, Tob" disse Sally alle spalle di Clay. Che cosa state aspettando?

"Aspetta un attimo" disse Clay. Lane è con te, Amazee?

"No, uccidici.

"Bene, allora entra, porco.

C'era un silenzio.

«Cosa hai detto? Chiese Tob con voce bianca.

"Ho detto entra, maiale. Pensi che io sia un truffatore. Penso che tu sia un maiale e un ruffiano, e alcune altre cose che taccio perché c'è una signora di fronte a te. Adesso entra, ometto. L'ho colpito una volta. Apparentemente non ne ha avuto abbastanza e torna per averne di più. A tuo gusto. Ho incontrato degli uomini a cui piace essere picchiati. Entra, maiale, piccolino.

Uno degli uomini parlò.

"Ignoralo, Tob. Ti sta sfidando. C'è un uomo sul tetto e ha un fucile. Tob alzò la testa.

"Cosa ti aspettavi? chiese Clay. Ritrovare una donna sola e pedine spaventate? Dai, entra subito, stronzo!

"Tu," disse lentamente Tob, "sei già morto, amico."

«Un morto non lo farebbe inchiodare lì, stupido. E ora, o entrano o se ne vanno da dove sono venuti. Ma se vuoi rivedere Sally dopo che l'hai colpita con il guinzaglio, entra.

"Non ho colpito Sally.

«I suoi uomini... be', quei maiali sì. Non importa.

Poi all'improvviso gridò:

«Dai, entra subito, schifoso codardo, bastardo! Il suo vecchio l'avrebbe già fatto.

"Io entro. E tu non...

"Non minacciare, maiale! Agire! Fra.

Uno degli uomini dietro Tob si abbassò la mano sulla gamba. Il fucile è stato sollevato di nuovo.

"Lo hai voluto.

E sparato. Il proiettile è passato tra le orecchie del cavallo e ha colpito l'uomo al petto.

Cadde a terra, appollaiato. La voce di Mac si sentiva perfettamente dall'alto.

«Li ho coperti, Clay.

Argilla sorrise. Il fumo si gonfiava nell'aria immobile.

"Tob, entri o no? Ma se non entra adesso, dirò ovunque che è abbastanza uomo da picchiare una donna, ma non abbastanza da resistere a qualcuno che indossa i pantaloni.

Tob smontò lentamente. Il suo viso era pallido.

«Dì ai tuoi uomini di stare fermi, Tob. Sei coperto da due fucili.

"Questo è quello che vale.

«Aspetta e lo scoprirai presto, Tob. Lo stiamo aspettando.

Tob non poteva fare diversamente. Si diresse verso la casa, attraversando l'ampio cortile.

Clay si fece da parte, un sorriso storto sulle labbra.

"Dentro, Tob, gallo solitario. Andiamo dentro.

Tob l'ha superata. Livido, a denti stretti.

"Mac! Se qualcuno di loro fa il minimo movimento, spara. Uccidi quei maledetti cani gialli!

"Tu" disse Tob.

"Dai, smettila con le sciocchezze. Passa subito.

Si udirono alcune voci all'esterno.

«Non ti serviranno a niente, Tob. Sono ben coperti. E adesso...

Sally era in piedi accanto al tavolo. Aveva anche il fucile in mano.

«È vero che sei stata battuta, Sally? Chiese il ragazzo.

"Vuoi vedere i segni?

"Non sono stato io.

«L'ha fatto il tuo piccolo amico Lane.

«Lo stesso», disse Clay lentamente, «che ha ucciso la ragazza indiana. O almeno qualcuno l'ha fatto su suo ordine, Tob. Sempre seguendo i tuoi ordini.

Tob si voltò verso di lui.

"Cosa dice dell'India?

«Ah, ma non lo sai? Togliti il revolver, Amazee. Lascialo cadere a terra.

"Nessuno mi ordina, uccide...

Clay sollevò il fucile e se lo spinse alla gola. Spinse forte e la testa del ragazzo scattò all'indietro. Indietreggiò e inciampò su una sedia.

«Zitto, porco», disse Clay con voce bassa e tesa. Zitto e non ripetere più quella parola. L'hai già indossato.

Posò il fucile e colpì l'altro in faccia sopra la bocca.

Tob grugnì e prese la rivoltella.

Sally non ricordava di aver visto niente del genere. Era come se un tifone si fosse improvvisamente abbattuto sul ragazzo.

Clay lo colpì allo stomaco, al viso e alle orecchie. Una serie completa che rovesciava l'altra come un ceppo in mezzo alla stanza.

Allora Clay si chinò su di lui, lo disarmò e lo tirò in piedi, tenendolo per il colletto della camicia.

"Ho un proiettile in serbo per te" disse, avvicinando molto il viso a quello di lei. Lo stesso proiettile che ha ucciso la ragazza indiana. Lo tengo per ficcarlo nel cuore del bastardo che l'ha fatto. E adesso...

Un colpo scattò in alto.

"Altro! Ululava Mac. Avanti, schifoso, muoviti di nuovo!

Tob aprì gli occhi.

"Non ho ucciso nessun indiano.

"L'hai violentata.

"Non l'ho fatto.

"Allora chi?

"Non lo so. E se prendi la tua rivoltella...

"E tu il tuo? Meraviglia, non farmi ridere. Perché voglio un revolver quando ce l'ho sulle ginocchia? E ora, bastardo, chi ha fatto questo alla donna indiana?

"Non lo so.

"Non sei stato tu? O hai paura di dirlo? Ci sono cose che si fanno, ma che non si discutono, se non in un bar e tra amici, vero?

"Non ce l'ho fatta.

Clay strinse la bocca.

"Sale, sei forte?

«Lo sono, Clay.

"Farò pressione su questo coraggioso gallo. Lo stenderò su quel tavolo e userò con esso alcuni degli strumenti che usiamo noi matasano. Hai mai sentito parlare di bisturi, ruffiano?

Lo colpì in bocca.

"Rispondi quando ti parlo. Non ne hai mai sentito parlare? Sono coltelli affilati come quelli usati dagli indiani per il bisturi. Più molto di più. Servono per operare. Con uno di loro posso tagliarti la pelle indietro fino a quando la carne non viene esposta. E tutto questo senza ucciderti. Ti piace?

"Il sesto proiettile" disse Sally all'improvviso ". Il sesto proiettile che ha ucciso Lowrie Bliss. Te la ricordi, Tob?

Negli occhi del ragazzo apparve una nuova espressione. Clay non poteva sbagliarsi sul significato. Era paura, vera paura.

"Sally, non ho ucciso Lowrie...

Il pugno di Clay gli colpì il mento.

Tob cadde a terra, con gli occhi al cielo. Fucile in mano, Clay si sporse dalla porta.

"Voi ragazzi.

Erano rimasti tre uomini. Tutti e tre, fermi, sui loro cavalli, alla porta del patio.

"E togliti i cappelli.

Tutti e tre gli uomini ruggirono allo stesso tempo. Un cowboy può andare completamente nudo, ma manterrà gli stivali e il cappello.

"E getta le armi a terra! Forza Mac, se non lo fanno, inizia a sparare!

Lentamente, ringhiando maledizioni e maledizioni, i tre uomini cominciarono ad obbedire. Un attimo dopo le armi erano a terra.

"Cacciateli via!

L'hanno fatto. Sapevano quando non avrebbero dovuto disobbedire. C'era un fucile puntato contro di loro e il loro capo era dentro casa e in possesso di Clay. Non avevano altra scelta che farlo.

Clay uscì, raccolse le armi e le riportò in casa. Il ragazzo cominciava a riprendere conoscenza.

CAPITOLO VIII

Clay lo afferrò per i risvolti, lo sollevò in piedi e lo condusse al tavolo. Sally, con un movimento rapido, spazzò via tutte le cose che erano su di lei.

Tob li guardò alternativamente. Quello che vide negli occhi degli altri lo galvanizzò.

"Non puoi crocifiggermi. Loro non possono!

"No? Lo vedrai, sporco ruffiano. Adesso non hai più papà a difenderti, eh? Hai perso il coraggio?

"Non li ho persi. Ma non ho fatto quello che dici che ho fatto.

Stava cercando di parlare con calma, ma la paura era evidente nei suoi occhi. Deglutiva spesso e la sua carnagione era giallastra.

"Qualcuno li ha fatti per te, o esegue i tuoi ordini. Dov'è Lane?

"Non lo so. Parola che non so. Ha agito da solo.

"Hai ucciso Lowrie da dietro", disse Sally.

"Non è vero, Lowrie mi ha voltato le spalle...

"Tu menti, maiale. Vai avanti, Clay, perché non...?

"Rispondi una volta per tutte, porco. Ma non voglio altre evasioni. Ribattere. Sei stato tu a farlo con la donna indiana?

"Non.

La risposta le era uscita di bocca in fretta, ma quando aveva risposto aveva distolto gli occhi da quelli di Clay e Bester l'aveva notato.

"Sei andato.

"No. Era Lane.

E tu lo sapevi. Eri lì

«No. Me l'ha detto Lane più tardi. Si dice che fosse lui.

"Almeno" disse Clay, so che è stato lui a portarla via da qui ea ucciderla. Dov'è la tua sciarpa gialla?

«Non ne ho... Ehi, dottore, Lane ne ha uno. Parola. Ce l'ha. L'ho visto molte volte.

"Quindi era Lane.

"Io... gli ho detto che aveva sbagliato.

Clay lo colpì di nuovo con una faccia disgustata.

"E soprattutto, codardo. E questo era il superuomo di cui mi parlavano tutti? Dai, Sally, eccoti qua, a tremare e ad accusare il tuo partner di aver sbagliato.

"Lo vedo e mi sento di ricambiare.

"Cosa hai intenzione di fare con me? Tob ha chiesto.

Clay si voltò verso di lui.

"Lo vedrai subito.

Le tolse la cintura e le legò le mani dietro la schiena. Strinse bene, volendo ferire.

Poi lo portò fuori in cortile.

"Uomini!

I tre aspettarono, teste per aria in mezzo al cortile.

"Tob, stai bene? Ha chiesto uno di loro.

«Almeno è vivo», replicò Clay.

"Quando Mr. Amazee vedrà cosa ha fatto a suo figlio, non saprai dove andare" rispose lo stesso uomo.

"Aspetta finché non sai cosa farò.

«Non penserai di uccidermi, dottore.

"Gli metterò una pistola in mano e ne prenderò un'altra. E vinca chi prima uccide l'altro.

Gli occhi di Tob lasciarono passare una piccola fiamma bluastra. La speranza è tornata in lui.

"Pensi di essere molto bravo con le armi, vero?

Tob non ha risposto. Non voleva perdere il vantaggio che immaginava di ottenere. Non voleva irritare quel demone.

"Ma prima...

Si rivolse ai tre uomini rimasti.

"Uno di voi cercherà il signor Amazee e gli dirà che ho il suo cucciolo in mio possesso. E se lo rivuoi, dovrai consegnarmi a Lane.

Tob deglutì di nuovo.

"Ehi, ascolta, penso che possiamo sistemare meglio la cosa...

Con nonchalance, Clay lo colpì sulla bocca. Il sangue sgorgò di nuovo dalle labbra del giovane.

"Parla quando lo permetto, pulcino. Dai, tira a sorte tra di voi chi andrà con quell'ambasciata nella vecchia Los Angeles. E spero che non facciano come i re orientali: hanno ucciso i portatori di cattive notizie.

Tornò a casa.

"Mac, vieni giù. Devi fare qualcosa quaggiù.

Quando l'altro arrivò nel patio:

"Lega quei ragazzi e mettili dentro casa. Legateli tutti insieme. E bene.

"Non preoccuparti, ragazzo, so fare qualche nodo che non si scioglie.

"Beh... facciamolo!

Mise un braccio intorno alla spalla di Sally. Lei alzò la testa verso di lui.

"Sei... un demone" disse con una certa paura. Un vero demone.

"Non preoccuparti. Non lo sono sempre.

Gli uomini furono legati in un gruppo dopo un momento. Solo uno di loro era privo di legature. Clay lo fronteggiò.

"E ora, vai dal tuo padrone e digli cosa è successo. Quello qui è tuo figlio. E se fa finta... guarda bene quello che dico: se vuole qualcosa contro di noi, suo figlio morirà.

"Sì" disse l'uomo deglutendo a fatica.

"Beh... corri, dannazione! Corri e non fermarti.

L'uomo obbedì.

L'ispettore d'oltremare arrivò alle due del pomeriggio a cavallo. Sally lo stava aspettando alla porta di posta.

"Sally, che diavolo...?

Entra, Hough. te lo dico io.

L'ispettore era un uomo dai capelli grigi, ma non anziano.

Guardò i prigionieri legati nell'angolo. Alzò un sopracciglio.

"Sally, quelli...? Uno di loro non è il figlio del vecchio Amazee?

"Lo stesso. Siediti. Ti preparo qualcosa da mangiare.

"Te stesso? E i cinesi?

"Se n'è andato come gli altri. Sono stati picchiati e io stesso... guarda.

Si tolse la camicetta dalla spalla sinistra. Hugh fissò i lividi.

"C'era? Indicò Tob.

«Il tuo sovrintendente, la schifosa bestia di Lane.

"Penso di conoscerlo. Ok, Sally, bisogna fare qualcosa.

Clay e Mac erano appena apparsi sulle scale.

"Beh, questi sono gli uomini che mi hanno aiutato. E ora lascia che ti spieghi.

Hough strinse la mano a entrambi gli uomini. Poi si sedette. Sally ha messo il cibo su un piatto e mentre lo mangiava, ha spiegato tutto.

Quando ebbe finito, l'ispettore annuì.

«Capisco che non potevi fare altro, Sally, ma forse non avresti dovuto ammettere la donna indiana al posto.

"È questo che pensi, signore? disse Clay a denti stretti.

L'ispettore alzò una mano in aria.

"Aspetti un minuto, dottore. Sto parlando dal punto di vista dell'Oltremare. Questo è quello che diranno. La prego di capire che non è la mia opinione personale.

"Quindi lo capisco.

"Beh, ora dobbiamo vedere cosa facciamo con il post. Il prossimo viaggio è alle sei del pomeriggio, giusto? Hai cavalli?

"Li ho presi. Quelli di quei ragazzi che ci sono, oltre a quelli che ho lasciato.

"L'Oltremare potrebbe essere accusato di rapina a colpi.

"Se dici nel tuo rapporto cosa è successo, la gente d'oltremare sarà molto stupida se non capirà.

"Ho detto che potrebbero essere accusati, non che non capiscano. Ebbene, che lo facciano o no, ho il compito di dire cosa fare in caso di emergenza. E useremo quei cavalli, perché questa è un'emergenza.

Si appoggiò allo schienale della sedia e accese una sigaretta.

"Mi capirò con i mandarini d'oltremare. E presenterò la tua denuncia, Sally. Contro una certa corsia, giusto?

"Esatto, Hough. E altri tre uomini.

"D'accordo. Conosci i loro nomi?

"Uno di loro si chiama Tom e un altro si chiama Spider. Il terzo lo conoscevo solo di vista. Non conosco i loro nomi.

"Già.

Ha preso la mano della ragazza.

"Scusa, ragazza. Ma non preoccuparti. L'Oltremare ha le mani lunghe. E molta forza. Anche se la tua vita diventa impossibile qui, troveremo un altro posto per te. Sei un buon direttore delle poste e noi non lo siamo così sovraccaricato di gestori onesti.

«Grazie, Hugh, ma mi piacerebbe restare qui.

"Possiamo parlarne più tardi" disse Clay all'improvviso. Si sono rivolti a lui.

"Sì dottore?

"Parliamo più tardi.

"E intanto arriverà il prossimo viaggio. Ci occuperemo di te in assenza di altro. Ho già detto a Tucson di inviare nuove pedine. Ma questa volta saranno uomini armati, vigilanti della compagnia, che non si lasceranno intimidire da questi ragazzi. Domani andrò a parlare con il vecchio Amazee.

«Allora? chiese Clay.

"Come? Scusi, dottore, non capisco. Devo parlargli di quello che è successo qui.

"Per questo non avrai bisogno di andare al ranch. Amazee verrà qui quando scoprirà che abbiamo preso il suo bambino.

"Non posso stare fermo mentre viene o non viene.

"Arriverà, non preoccuparti. Non puoi lasciare tuo figlio qui. Perché...

Fece una pausa.

"Sa che sono disposto a ucciderlo se non viene.

"Capisci. Ma non posso fare cose del genere. Gli ispettori d'oltremare hanno, in un certo senso, una posizione ufficiale. Possiamo persino agire come ufficiali giudiziari giurati.

«Questo è il tuo problema, Hough. Invece so cosa voglio fare.

«Non lo consiglierei, dottore.

"Non consigliarmi allora.

Per un attimo l'atmosfera si fece tesa.

È stata Sally a versare olio nelle onde.

"Possiamo aspettare un po' che arrivi il viaggio, no? Più avanti parleremo di tutto questo.

"D'accordo per me" disse l'ispettore. I mandanti arriveranno qui domani mattina. Intanto prepariamo l'accoglienza per il prossimo viaggio.

Il sollievo non è stato quasi un incidente. La guida protestò un po' per aver ricevuto cavalli non da tiro, ma quando Hough spiegò cosa era successo, rimase in silenzio.

Poi furono di nuovo soli. Hough accese una sigaretta.

"Senti, dottore. Mi dispiace per questo, glielo dirò, ma non ho altra scelta che farlo. Gli uomini che vengono per strada lo fanno per difendere esclusivamente gli interessi dell'Oltremare.

Clay lo guardò serio.

"Non ho chiesto il tuo aiuto, Hough. Penso di aver dimostrato che finora almeno so come comportarmi con me stesso... beh, con Mac.

"Lo so e non è questo che intendo. In realtà, personalmente penso che tu abbia fatto bene, e Sally ha fatto lo stesso. Ma non potrei mai convincere i mandarini d'oltremare che i loro uomini dovrebbero difendere le nostre opinioni. Quindi se il palo viene attaccato, o Sally, quegli uomini prenderanno le armi.

«Nessuno ti ha chiesto altro, Hough», ripeté Clay con la stessa intonazione. E se pensi che siamo d'intralcio alla posta o che possiamo causare incidenti con la nostra presenza lì, ce ne andremo subito. Tutto quello che volevo restando era impedire che accadesse qualcosa a Sally.

"Ti ho detto che ho capito, vero?

Poi è uscito a fumare. Sally si rivolse a Clay.

«Non avresti dovuto dirglielo. È uno degli uomini migliori e più dritti che ci siano.

"Non me ne frega niente di questo adesso. Ho intenzione di partire.

"E... dove andrai? Cerchi l'oro?

"No, finché non avrò finito ciò che mi ha portato qui. No, finché non avrò finito con quel maledetto Amazee e i suoi scagnozzi. No, fino a...

Poi la prese tra le braccia e la strinse.

"Capisci?

"S...?" disse lei. Quando avrai finito, te ne andrai, giusto?

"Sì.

"Immagino... non ti importi di me.

Clay non ha risposto. L'ha solo guardata.

"Si o no?

"Lo sai. Sì.

"Ma te ne andrai.

"Sì.

"Capisci. Tutto è stato... un capitolo. Penso che vada così.

Clay accese una sigaretta.

Vieni con me, Sally.

"Me...?

Si portò una mano al petto e poi la lasciò cadere. Il suo viso era pallido.

"Vuoi dire che vengo con te tipo...?

Come mia moglie.

Si sforzò di sorridere.

"Signore, tanto onore...

"Zitto. Non andare su quella strada.

"Come vuoi che risponda? Cadendo tra le tue braccia?

"Sei già caduto" fu la risposta. Chiuse gli occhi.

"Argilla" disse infine. Ci sono altri modi per chiedere a una donna...

"Non ho tempo. Vieni con me.

«Vediamo se riusciamo a parlare in modo sensato. Perché non rimani?

«Nelle terre che domina quel vecchio capo? Mai.

"Argilla, io...

"Non rispondermi adesso, vero? Fallo quando tutto sarà finito.

"E se fossi tu quello che finisce?

Clay scrollò le spalle. Non c'era risposta. Incrociò e sciolse le braccia sul petto.

"Va bene, chiedimelo allora.

"Lo farò. Tra quella donna indiana e tu hai... potremmo dire che hai risvegliato in me il desiderio di vivere di nuovo. Vivere e lavorare.

«E l'oro, Clay?

"Oh, l'oro. Aiuterò quel buon vecchio Mac a trovarlo e a portarlo via. Se l'è guadagnato dopo tanti anni di lotta per la vita per lui. Non lo voglio e spero nemmeno tu.

«Per me... chiedimelo dopo, Clay. Oppure... lascia perdere e andiamo. Vedi "sorrise dolcemente". Ti rispondo adesso.

"Non lo abbandonerò. Pensereste lo stesso di me se lo facessi?

"Non lo so, non lo so. Non chiedermelo. Voglio che tu faccia quello che vuoi fare, non quello che voglio.

"Poi...

Hough li ha trovati abbracciati. Tossì discretamente.

"Penso", ha detto, che gli eventi si stanno avvicinando.

CAPITOLO IX

Sembrava che la scena si stesse ripetendo più e più volte. Quando Clay sbirciò fuori dalla porta, vide un gruppo di cavalieri avanzare verso il palo. Si fermarono davanti alla porta del cortile delle diligenze.

Clay li contò velocemente. Non erano meno di quindici.

"Mac.

"Sì, Clay. Vado sul tetto.

"Eh?

"Non si preoccupi, dottore. Sono qui.

"Stanno venendo per noi.

"Lasciami parlare. Sono in quelle che potremmo chiamare le mie proprietà.

"Per il momento, ho il controllo, Hough. Mi attaccherai da dietro?

"No, certo che no. Voglio solo avvertirti che...

"Sì, l'Oltremare e tutto il resto. Lo so già. Al momento sono io a dare gli ordini qui.

Hough rimase in silenzio. Che fosse d'accordo o meno, ora non importava molto a Clay.

Allora un uomo si staccò dal gruppo e avanzò nel grande cortile.

Clay valutò rapidamente la situazione. Tutti i nuovi arrivati erano armati di fucili e li portavano non nei loro bunker, ma nelle loro mani.

Riconobbe perfettamente l'alta statura e la mole del cavaliere che si era appena separato dagli altri. LA di persona.

Sorrise, proprio mentre il vecchio alzava la voce.

"Dottore! Fuori.

Clay si presentò alla porta. Il fucile, in mano, tenuto sotto l'ascella, punta in avanti.

"Ecco, Stupito.

"C'è mio figlio lì dentro?

"Sì, è qui.

"Voglio vederlo!

Venite a vedere.

"Non cadrò in una trappola. Rimuoverla. Fammi vedere.

Clay entrò in casa, prese il ragazzo e lo condusse alla porta.

«Eccolo, Stupito.

Aveva messo il corpo di Tob davanti a lui.

"È stato legato? Ma... figliolo, stai bene?

"Rispondi, Tob.

"Sì padre. Non puoi tirarmi fuori di qui? Questi maledetti...

Clay si è infilato il fucile nei reni.

"Sta' zitto, stronzo.

"Figliolo, ora ti tireremo fuori. Tu, dottore.

Clay spinse via Tob e lo gettò nella stanza.

"Che cosa succede?

"Liberate mio figlio.

"Stupisci, non ti surriscaldare. Potrebbe essere molto brutto per te.

"Lascia stare la mia salute e... lascia andare il ragazzo!

«Testa a testa, Amazee. Ho bisogno di Lane.

"Perché?

"Lo sai perfettamente. E ti dirò una cosa: il minimo segno che i tuoi uomini vogliano fare qualcosa contro di noi significherà la morte di tuo figlio. E non ho intenzione di discutere più! O mi dai Lane, o non vedrai mai più tuo figlio vivo. Hai capito? Lane ha commesso due crimini e suo figlio ne era a conoscenza. Ora tocca a te!

"Dottore, posso...

"Ho detto che non voglio più litigare! Dammi Lane! Prendilo!

C'era un silenzio. Quasi un minuto.

«Non so dove sia Lane. Non è con me.

"Va tutto bene. Ucciderò il ragazzo.

"Aspettare!

"A cosa?

"Ho ascoltato...

Il vecchio ansimava. Si vedeva dalla sua voce. Clay si accigliò.

"Ho parlato.

"Se ti consegno Lane, tu...

"Ti restituirò tuo figlio. E Dio sa che vorrei ucciderlo a mani nude, perché è un maiale, ma manterrò la mia parola.

"Ma se non ho Lane...

"Guarda!

Fece una pausa.

"Puoi farcela. Ha uomini e ha potere. Ha sempre abusato di entrambi. Beh... usali! Prendi Lane.

"Dottore, posso entrare?

"Così che?

"Per parlare con te.

"Disarmati e vieni.

Il vecchio lasciò cadere le armi.

«Dì ai tuoi uomini di non muoversi da dove sono. Lascia che non si muovano un solo istante... tranne che per cercare Lane.

Il vecchio si voltò e parlò. Clay ascoltava. Ha ripetuto le sue parole senza aggiungere nulla.

Poi entrò Amazee.

"Cucciolo, sei...?

Si chinò su suo figlio.

"Papà" disse il giovane, "non puoi ucciderlo...?

"Stai zitto! Risolverò la situazione.

Si voltò verso il gruppo che lo guardava: Clay, Sally e Hough.

"Capisco" disse.

"Che cosa?

Era argilla. Lo stavo fissando.

"Non discuterò più. Volevo solo vedere se mio figlio era... okay. La metà è. Lo ignorerò, perché la sua vita per me vale più di quella di un caposquadra. Termini?

Ha parlato serenamente.

"Le mie condizioni sono: Lane.

"La sua testa?

"No. Vivo. Voglio ucciderlo io stesso.

"Lo prenderà.

"E... non ho finito. Partiremo da qui con tuo figlio. Lo pubblicheremo non appena saremo via.

"Come saprò che non lo uccideranno?

«Dovrai credermi, Amazee. Si tratta di prendere o lasciare.

"Tu", disse il vecchio, faticosamente, "sei la prima persona a mettermi in croce.

«Non sono affari miei, Amazee. Accetti o no? Non voglio discutere.

"Vale così tanto per te la vita di una pelle rossa?

Sally mise la mano sul braccio di Clay quando vide linee bianche di rabbia apparire sul viso di Clay.

"Va tutto bene. Quello che vale per me è qualcosa che non ti basta. Non tu, non molti altri come te. L'importante è... che ora ho la forza e questa è l'unica cosa che hai capito nella tua vita. La forza! Aspetta ora, Amazee. Molte volte ha fatto ingoiare ad altri. Prendilo ora! Potrei parlarti di diritti umani; non capirei. Ma se parliamo la stessa lingua, lui capisci, portami Lane.

Amazee lo stava osservando ipnotizzata.

"Quindi, questa è la tua posizione.

"Sì.

"Lo prenderà.

"Sai dov'è.

"Credo di si.

"Portalo.

"Qui?

"Sì, dannazione. Ecco.

"Dottore", disse Hough, in tono calmo, "perché non sceglie un altro posto?"

Clay si voltò verso di lui.

"Perché non voglio! Eccomi qui dove posso dare ordini. Voglio questo posto e nessun altro. E gli interessi e i principi dell'Oltremare possono andare all'inferno per quanto mi riguarda.

"Suppongo" disse Amazee ", chissà che dopo quello che mi ha fatto non potrà più andare da nessuna parte...

Capì che stava per minacciare l'uomo che aveva tutti i trionfi per lui, e chiuse la bocca. Argilla sorrise.

"Come mai lo sceriffo non ha portato il suo piccolo amico?

"Volevo risolvere questo problema da solo. non vorrei che...

"Beh. E ora... Lane. Devi sapere dove sei.

Il vecchio andò alla porta. Una volta dentro, si voltò.

"Ragazzo" disse a Tob", non preoccuparti. "E a Clay": Avresti potuto avere quello che avresti voluto con me se non avessi fatto questo.

"Vai all'inferno.

E il vecchio se ne andò. Lo videro conferire con i suoi uomini e come iniziarono a camminare.

"Ora aspettiamo" disse Clay.

"Dottore, dovrebbe..." iniziò Hough. Ma tacque quando vide l'espressione dell'altro". E tu, Sally...

"Lo so già. L'Oltremare mi licenzierà.

"Non ho detto molto, ma...

«E non mi interessa, Hough. Lo rifarei.

"Sì, so che tipo di donna sei. Testardo e... coraggioso. Dottore, cosa farai quando Lane verrà portato da te?

"Ciò che non sai non ti farà del male, Hough.

"Capisco.

Mac è sceso dal tetto.

"Beh, se ne sono andati.

Il pomeriggio trascorse lentamente. Alle sei arrivò alla posta un gruppo di cavalieri. Hough è uscito per dare loro le istruzioni. Erano in cinque e sembravano determinati e capaci. Si occuparono di tutto in un attimo, senza fare domande quando videro quegli uomini legati, le cui mani erano state sciolte a turno solo per dar loro da mangiare.

Clay osservò lo sguardo calcolatore di Hough. Poteva quasi indovinare il suo pensiero. L'ispettore d'oltremare aveva pensato per un momento di prendere in mano la situazione con i suoi uomini, ma sembrava essersi arreso.

Hanno aspettato.

E venne la notte, e la notte passò. Clay dormì solo un momento, mentre Mac guardava. Poi Sally ha preso il sopravvento. Dawn li sorprese già alzati.

Proprio mentre il disco rosso faceva capolino da dietro le montagne, li videro.

"Argilla" disse Mac. Penso che stiano arrivando.

"Sul tetto.

"Sta già diventando un'abitudine. Tra non molto mi cresceranno le orecchie e comincerò a miagolare in cerca di cibo e a bere latte da un piatto.

Old Amazee cavalcava alla testa del gruppo.

"Meglio! Dottore!

Clay si sporse dalla porta.

"Bene?

"Ecco qui.

Due dei suoi uomini si fecero avanti, guidandone un altro in mezzo a loro. Le sue mani erano legate al pomo della sedia.

"Portalo qui.

"Andiamo ragazzi.

I due uomini si avvicinarono all'altro. Lo lasciarono quasi vicino alla porta.

«Ciao, Lane», disse piano Clay.

L'altro alzò gli occhi azzurri. C'era una strana espressione su di loro.

All'improvviso, alzò la voce.

"Stupito, mi hai venduto, Giuda!

«Riguardava la vita di mio figlio per la tua, Lane.

"Mi hai crocifisso!

«Ti sei crocifisso solo quando l'hai fatto con la ragazza indiana. Quando l'ha uccisa. Quando ha colpito Sally. Tu solo, Lane. Non incolpare nessuno.

"Cosa hai intenzione di fare con me?

"Quello che non hai fatto con loro. Ti do la possibilità di estrarre il revolver insieme a me.

"Vuoi assassinarmi.

Clay scrollò le spalle.

"Prendilo come vuoi. Al momento, non mi interessa.

"Meglio! urlò Amazee. Mio figlio.

"Te l'ho già detto. Lo prendo. Ma ti do la mia parola che te lo restituirò sano e salvo.

"Me lo darai subito!

"No. Non voglio che cada su di me con tutte quelle persone. Lo accetterò.

E sottovoce:

"Sally, hai le cose pronte?

"Qualunque cosa.

"Mac?

"Sì, Argilla.

"Bene, Amazee. Torna al tuo ranch. Tuo figlio ti raggiungerà presto.

"Non obbedirai, quello che dici!

"Lo realizzerò. E non chiamarmi più bugiardo perché ti appesantirebbe. Ecco, gli unici bugiardi siete voi.

"Signor Amazee, non mi lasci solo con quel tizio", disse Lane.

"Non voglio più parlare di questa faccenda. Stupisci, torna al tuo ranch o alla tua città, dove vuoi. Ma... vattene!

Il vecchio dubitava. Si passò una mano tra i capelli. ansimando:

"Meglio, se succede qualcosa al ragazzo, giuro che lo inseguirò per il paese, per gli Stati Uniti.

"Ti ho già detto che non ti succederà niente. E ora... se ne vanno o no?

C'era ancora una leggera esitazione. Allora Amazee disse:

"Ragazzi, andate.

"Signor Stupore!

Era Lane. Il suo viso era livido, di un colore malsano.

«Non mi lasci qui, signor Amazee.

"Mac, lascia andare gli uomini di Mr. Amazee" disse.

Clay ". Non abbiamo bisogno di loro. Solo Tob e... mia cara, mia amata Lane.

Mac obbedì. I tre uomini andarono a raggiungere gli altri.

E l'intero gruppo ha iniziato lentamente. Clay stava prendendo di mira Lane con il suo fucile.

La scena tesa è durata quasi mezz'ora, finché il gruppo non si è perso all'orizzonte.

"Certo", disse Hough, "non se ne sono andati. Sicuramente ti aspetteranno ovunque, e sicuramente ti faranno pagare cara tutto questo. Almeno è quello che farei io invece.

"E io" concordò Clay. Ma... Mac.

"Non abbiamo intenzione di assecondarli. Ci dirigeremo verso le montagne. In loro nessuno mi troverà. Li conosco come se ci fossi nato dentro.

Clay annuì.

"Sally" disse Hough, "ci hai pensato? Ci vai?

Lei scosse affermativamente la testa.

"Sì, Hough" disse più tardi. Vado. Mi dispiace.

"No, lo so che non lo senti. Ma almeno ho capito. Bene, ti auguro buona fortuna.

«Aspetta un attimo», disse Clay.

Lane aveva fatto una mossa. Mac è andato da lui.

«Non muoverti, fottuto maiale. Non muoverti.

"Ascolta, io...

Sally lo affrontò.

"Lane, hai perso il coraggio?

"Ascolta, Sally...

"No. Mi hai colpito, ricordi? Mi hai tenuto trattenuto da due uomini e mi hai colpito con la cintura.

Lane chiuse la bocca. I suoi occhi sembravano selvaggi nelle orbite.

"Ma" disse Clay, improvvisamente ", ti piacerebbe assistere a un duello?

"Una sfida? Vuoi combattere con quell'uomo?

"L'ho già detto. Ma pensano che lo farò lontano da qui. No, a proposito. Lo farò... qui. Davanti a te. Saranno i miei testimoni.

"Va bene," disse Mac. Molto bene, sì, signore.

"Ascolta, dottore...

"Vuoi o non vuoi fare da testimone? Tu e i tuoi uomini.

Hough scrollò le spalle.

"Se sei determinato...

"Sono.

"In tal caso, fai quello che vuoi.

"Sarai un testimone, se qualcuno lo chiede?

"Lo sarò. Io e i miei uomini lo saremo.

"Sarà un omicidio", ha detto Lane.

"No. Sarà un combattimento. Mac, prepara una pistola, con tutto il carico di proiettili. Poi scatenerai quel tipo. E, Sally, porta il giovane Amazee. Anche lui ha il diritto di vederlo.

Gli uomini di Hough si erano avvicinati. Negli occhi di tutti loro si leggeva che questo non se lo sarebbe perso per niente al mondo.

"Beh, puoi metterti in mezzo ai due" disse Clay. Sarai l'arbitro.

"Secondo.

Mac si avvicinò a Lane. Con un rapido movimento tagliò le corde che lo tenevano al pomo della sedia.

"Scendi, maiale.

Lane cadde a terra. Si guardò intorno.

"No, non puoi scappare. Quello che puoi fare è pregare.

Mac aveva il revolver in una mano. Il fucile nell'altro.

"Resta dove sei, Lane.

Clay si rivolse a Sally. Lo stava guardando, il viso pallido.

"Argilla, per l'amor di Dio, stai attenta. Ho sentito dire che quest'uomo è mancino e spara...

"Zitto. Non preoccuparti. Devo farlo, comunque.

Lo abbracciò. Poi lo ha rilasciato. Tob li osservava.

"Lane! "Ha detto". Uccidilo!

Clay lo colpì in bocca, senza troppa forza.

"Stai zitto o dopo di lui andrai.

"Ricorderai.

"E tu.

Poi ululò:

"Mac! Puoi dargli la pistola?

"Appena ti prepari.

Clay si piantò al centro del cortile. Hough camminò finché non fu tra loro. Alcuni dei suoi uomini hanno estratto le pistole.

"No, ragazzi, non credo che stia cercando di spararmi.

"Per ogni evenienza, capo" disse uno di loro.

E un attimo dopo, i due uomini erano soli al centro del cortile.

«Be', conta venti iarde tra voi due», disse Clay.

Hough li contò lentamente. Ha mostrato a Lane dove poteva stare, e l'altro lo ha fatto.

Clay si asciugò le mani sul fondo dei pantaloni. Lane ha fatto lo stesso. Poi Mac gli si avvicinò e guardò Clay.

"Già" ha detto questo.

Mac afferrò la pistola per il calcio.

"Se provi a sparare prima che lo dica già, ti ammazzo" disse, alzando il fucile.

"Vai all'inferno.

"Andiamo Mac," disse Clay.

Sally chiuse gli occhi per un momento. Quando li riaprì, i due uomini erano uno di fronte all'altro. Hough, nel mezzo, lontano dalla linea di fuoco.

Clay era calmo. Stava guardando direttamente il suo nemico, che, un po' accucciato, aveva già la pistola nel revolver, dove Mac l'aveva riposta.

Il sole era contro Clay. Questo se n'è accorto un po' tardi, ma non voleva più cambiare posto. Anche Hough l'ha visto. Ma se avesse attirato l'attenzione del dottore, avrebbe potuto essere distratto e sarebbe stato fatale.

Con la mano sinistra spinse in avanti il cappello. Quella mossa stava per perderlo.

Lane si portò la mano alla gamba sinistra e il revolver ne saltò fuori.

Clay ha seguito l'esempio. La sua mano sembrò essere più lenta del solito, quindi si piegò leggermente verso il basso e da un lato. Questo gli ha salvato la vita. Il proiettile, che gli avrebbe colpito il cuore, gli ha sfiorato il braccio. A quel punto, stava già sparando.

Due dei suoi proiettili hanno trovato il corpo di Lane e lo hanno fatto ruotare violentemente, in modo che gli altri suoi colpi volassero in aria innocui.

E Clay svuotò il suo revolver sul corpo. L'ultimo proiettile ha colpito Lane già a terra.

Clay si raddrizzò. Ansimava leggermente. Un sottile rivolo di sangue gli corse lungo il braccio.

Sally stava correndo verso di lui.

"Tu sei ferito!

"No, è solo un graffio.

"Aspetta, devo toglierti la maglietta...

"Dopo.

Hough si avvicinò a Lane e lo guardò.

"Morto" disse.

Poi strinse la mano di Clay.

"Sono contento, dottore.

"Grazie.

Si voltò verso Tob, che lo stava fissando, deglutendo a fatica.

"Ascolta, Amazee. Tra un attimo può andare. Camminando.

"A piedi?

"L'ho detto. A piedi. Non voglio che raggiunga suo padre finché non saremo lontani. Ma prima voglio fare qualcosa per te. Mac, slegalo.

"Cosa hai intenzione di fare con me? Lo stesso di...?

"No, basta dargli un pestaggio che si ricorderà per tutta la vita. Mac fissò Clay.

«Aspetta, Clay, non sarebbe meglio se lo lasciassi cadere e...?

"No. Slegalo.

"Come desidera.

fatto. Tob allungò le sue lunghe membra. Nei suoi occhi apparve uno sguardo diffidente.

"Se vinco ...

"Se mi batte, Mac lo lascerà andare. Gratuito. Ma...

Tob non ha aspettato. Saltò in piedi e il suo pugno si avvicinò alla mascella di Clay. Sorrise, girò la testa e colpì il fegato di Tob con un pugno.

Il figlio di Amazee si è piegato su se stesso. Poi Clay lo colpì con un colpo al mento e lo gettò indietro. Prima di colpire il suolo, ha messo a segno altri due pugni. Il corpo del giovane è caduto a terra.

Dai, alzati.

Tob l'ha fatto. Aveva appena raggiunto la verticale quando Clay gli era già corso addosso.

Un gancio, un altro colpo laterale e... a terra.

"In piedi.

Ma questa volta Tob non obbedì. Sanguinava dalla bocca e da un sopracciglio. Uno dei suoi occhi era quasi chiuso.

"Non ti alzi? Beh, Hough, sono stati testimoni. Ce ne andiamo. Lascia perdere non appena siamo andati. Posso fidarmi di te?

«Può farcela, dottore. E buona fortuna.

Prese Sally e le mise un braccio intorno alle spalle.

"Buona fortuna a te, ragazza.

Cinque minuti dopo erano fuori dal palo, montati sui loro cavalli e seguiti dai muli.

"Mi lascerai andare subito", disse Tob a Hough.

"Davvero? Non prima che siano trascorse almeno due ore" ha risposto l'agente. "Non sei in grado di camminare dopo il correttivo che ti è stato dato.

"Dannato...

Hough lo fissò.

Ascolta, giovanotto, non dipendo da tuo padre. Appartengo all'Oltremare. E ciò che viene fatto alla posta, lo ordino. Ha capito? E se stavi pensando di dirlo a tuo padre, ricorda una cosa: c'è un conto in sospeso tra te e l'Oltremare, per aggressione e distruzione di proprietà e maltrattamento di un impiegato dell'ufficio postale. Vedrai cosa preferisci.

Tob chiuse le labbra.

EPILOGO

Caro Hough, ti ricordi di me? Solo poche brevi lettere per informarvi che abbiamo trovato... ecco perché tante persone sono sempre morte. Un metallo giallo. Il vecchio Mac aveva ragione. La barriera corallina esisteva. E lui l'ha già denunciato e sta lavorando come una forza per estrarlo. Ma c'è e basta.

"Credi che mi importi? Beh no. Clay e io prenderemo solo parte di quell'oro. Abbastanza da permettere a Clay di aprire un ufficio a Tulsa. E no, sarà il lavoro che manca a un buon dottore come mio marito. Perché , sai, ci siamo sposati due giorni fa.

«Ci vorrebbe molto tempo per raccontare quello che abbiamo passato finché non abbiamo fatto perdere le tracce al vecchio Amazee tra le montagne. Ma lo capiamo.

»Abbiamo ottenuto tutto.

Anche la felicità, che vale tutto.

»Il tuo più affettuoso

"Sortita."

FINE

www.ingramcontent.com/pod-product-compliance
Lightning Source LLC
Chambersburg PA
CBHW031339160726
47993CB00002B/759